I ragazzi grandi

Carlo Collodi

I ragazzi grandi

Carlo Collodi

PARTE PRIMA

- Bettina, accendi subito il caminetto - disse Clarenza, entrando in salotto e volgendo la sua parola a una donna sulla cinquantina, che stava spolverando con una spazzola di penne i mille ninnoli, di varia maniera, posati per ornamento sopra la mensola di un caminetto, sormontato da un grande specchio.

- Nel momento - rispose la Bettina, e chinandosi per accomodare la legna, disse alla sua giovane padrona:

- Indovini un po', signora Clarenza, chi ho veduto or ora, per la strada, mentre tornavo a casa.

- Sarà un po' difficile.

- Glie lo do a indovinare in mille.

- Figurati, se voglio stare a lambiccarmi il cervello. Spicciamoci: chi hai veduto?

- Il signor conte!...

- Come! Mario è qui?.. Mi pare quasi impossibile. A quest'ora sarebbe venuto a trovarci.

- Eppure era lui!

- Bada, Bettina, avrai sbagliato!...

- Era lui in persona... e si mantiene sempre un bell'uomo!...

- Lo credo. Sempre elegante?..

- Sempre lo stesso. Mi ricordo di quando, da giovinotto, veniva per casa e che tutti si credeva che fra lui e lei - (nel dir così la Bettina, accennò cogli occhi la sua padrona) - ci fosse veramente qualche cosa... eppoi...

- Eppoi, sul più bello tutte le speranze andarono in fumo, non è vero Bettina?.. - Nel profferir queste ultime parole, la Clarenza fece una di quelle risate artificiali, che non fanno ridere nessuno, nemmeno la persona che ride.

Dopo dieci minuti di silenzio, la Bettina, scrollando il capo, continuò:

- Peccato! che bella coppia sarebbe stata!...

- Non lo credere: Mario non era l'uomo per me! Troppo leggero di carattere: troppo volubile! troppo farfallone!... Mario, per tua regola, non sarà mai un uomo serio!...

- Ma un gran bell'uomo!

- Speriamo che l'Emilia gli avrà fatto metter giudizio!...

- Speriamolo davvero.

- In ogni modo, val più Federigo in un solo dito...

- Dicerto - replicò la Bettina, con accento di sincera convinzione. - Dicerto, il signor Federigo è una gran degna persona... ma ecco... secondo me, non ha la malizia di esser bello come il signor Mario!...

In questo mentre, Francesco si presentò sulla porta, annunziando: - Il signor conte Mario.

La Clarenza, colla rapidità del baleno, si dié un'ultima guardata allo specchio: quindi, preso il primo libro che gli capitò fra le mani, andò a sedersi dinanzi al caminetto.

- È permesso?

- Ma questo è un miracolo! una vera apparizione!... - disse Clarenza, voltandosi sorridendo verso la porta, e stendendo la mano al conte.

- Mia buona Clarenza! Anche a me mi pare di sognare! - replicò Mario, con un accento di mal dissimulata afflizione.

Clarenza, meravigliata, lo guardò fisso negli occhi: quindi, pigliando un tuono di voce carezzevole:

- Vi è accaduto forse qualchecosa?..

- Perché?..

- Dio mio! Avete addosso una cert'aria di mal umore, che fate proprio pietà... voi, una volta così allegro... così scapato...

- Non vi occupate di me, Clarenza, parliamo piuttosto di voi. Gli anni passano e non vi toccano. Sempre bella e fresca, come una camelia sulla pianta.

- Diavol mai! - replicò vivacemente Clarenza, un tantino impermalita del complimento - una donna, a venticinqu'anni, ha quasi il dovere di non esser brutta. Anche voi, sapete, Mario: se non aveste codest'aria di salcio piangente, si potrebbe dire che vi siete conservato come un ermellino nella canfora.

- No, amica mia - soggiunse il conte, abbassando di nuovo il tuono della voce - ormai io sono vecchio, un decrepito di trenta anni!...

- Ecco le solite frasi! A proposito: come sta l'Emilia? non mi avete detto nulla..

- Vi prego!... non tocchiamo questo tasto.

- Mi fate paura? È forse malata? - domandò Clarenza con vivissima ansietà.

- Peggio!...

- Mio Dio!... Morta?

- Peggio!...

- Peggio?.. - Clarenza rimase perplessa, stuonata, come fuori di sé: quindi illuminata quasi improvvisamente da un baleno, che traversò la sua mente, soggiunse piano e con voce compassionevole:

- Povero Mario! in questo caso comprendo benissimo il vostro dolore e lo rispetto...

Il conte si lasciò cascare sopra una poltrona, dove per alcuni minuti secondi rimase immobile e cogli occhi fissi a terra. Quando si risentì, il suo primo movimento fu quello di portarsi la mano sopra la testa, per assicurarsi colla punta delle dita se la scrinatura dei capelli avesse sofferta qualche perturbazione, in quella violenta scossa di tutta la persona.

- Mario!... e lui chi era? - domandò Clarenza esitando e abbassando gli occhi.

- Un mio compagno di collegio! l'amico del cuore.

- Infami! tutti così gli amici del cuore!

- Venne quest'estate a Genova. I medici gli avevano ordinato i bagni di mare.

Il giorno stesso che arrivò lo incontrai alla posta. Era pallidissimo e mal'andato di salute. Sei solo? gli domandai. - Sì. - e dove abiti? M'immagino che non sarai sulla locanda. - Anzi sono appunto sulla locanda. - In codesto stato di salute? Tu hai bisogno di qualcuno che ti assista. - Ubbie, mi rispose sorridendo melanconicamente; all'occorrenza, so morire anche da me solo; e senza bisogno di aiuto. - Sciocchezza! tu verrai a casa mia, gli risposi in tuono imperativo. Io abito a venti passi di distanza dal mare. Ho un quartiere assai grande e assai comodo, perché ci sia sempre una camera e un salottino per gli amici. - Impossibile. - Ti ripeto che t'aspetto, e non facciamo complimenti inutili. Sì. - no, no - sì - il fatto sta che lo costrinsi ad accettare. Lo presentai a mia moglie, e dopo pochi giorni diventò di famiglia. La sera mi accompagnava al Club, e alle due dopo la mezzanotte veniva a riprendermi per tornare a casa insieme. Passarono così due mesi: le bagnature erano finite; l'amico si era completamente ristabilito... ma non parlava d'andarsene...

- E in tutto questo tempo non vedeste nulla? Non vi accorgeste di nulla?

- Clarenza mia - continuò Mario fremendo e lisciandosi con compiacenza le sue lunghe fedine - i mariti somigliano a quei disgraziati di cui parla il Vangelo: hanno gli occhi, e non vedono; hanno gli orecchi, e non intendono nulla. Una bella mattina, Giorgio... (così si chiamava quel miserabile) riceve un dispaccio da casa. Bisognava che partisse subito. Difatti partì, promettendo che sarebbe tornato dopo pochi giorni per riprendere la sua roba e per ringraziarci della cortese ospitalità che gli si era data.

A questo punto, ci furono due minuti di pausa e di raccoglimento, quindi il conte seguitò:

- Non starò a dirvi per quale strana combinazione, durante quella breve assenza, una lettera di Giorgio, che era destinata per l'Emilia, capitasse disgraziatamente nelle mie mani. Si vede proprio che gli innamorati colpevoli son come i ladri: i quali, dopo tanto ingegno e dopo tante cautele, finiscono prima o poi col fare qualche grande sciocchezza, che serve a scuoprirli e a metterli nelle mani della giustizia.

- E quella lettera?.. - domandò Clarenza con una curiosità impaziente.

- Da quella lettera potei comprendere che il falso amico... che il Giuda insidiava al mio onore!... Voi conoscete il mio carattere impetuoso, violento, subitaneo. Senza metter tempo in mezzo, mi presentai a mia moglie, come una tigre ferita. L'Emilia protestò della sua innocenza: pianse: pregò - e siccome una parola ne tira un'altra, così accadde una scena dolorosissima, al seguito della quale mia moglie ritornò presso sua madre, gridando e spergiurando che non avrebbe più rimesso il piede in casa mia... Partita l'Emilia, mi trovai solo! - solo come un cane. Risoluto, d'altra parte, per la mia dignità, a non fare nessun atto di scusa e di sottomissione, feci allestire la mia valigia, e fino da ieri sera eccomi qua, in un paese dove ho passato gli anni più belli della mia prima giovinezza; dove si può dire che sono conosciuto da tutti, e dove tutti mi vogliono bene.

- Povero Mario! E di lui?..

- Non ne ho saputo più nulla, e non voglio saperne nulla. Ma ditemi voi, Clarenza, se si può trovare un uomo più scellerato di quello?!... tradire così vilmente l'ospitalità dell'amico. Giorgio è un mostro.

- Giorgio è un uomo, come tutti gli altri. Io non scuso davvero la sua condotta! Dio me ne guardi! Ma Giorgio non è un'eccezione alla regola. Amico mio - continuò Clarenza, battendo leggermente e con grazia la sua bella manina sul braccio del conte - tenetelo bene a mente: ammesse certe date circostanze, tutti gli uomini si somigliano fra di loro.

- No, Clarenza, no - replicò Mario, quasi sdegnato e con accento vibrato. - Io, per esempio, sono stato un grande scapato: io, per dir come diceva mio padre, ne ho fatte di tutti i colori!... ma, vivaddio, sento che non sarei capace di un'azione indegna come questa!... Però la colpa è mia, tutta mia... e ora tocca a me a farne la penitenza.

- È vero la colpa è vostra; ma permettetemi, che ve lo dica: un po' di colpa ce l'ha anche l'Emilia.

- Sono io, io, che ho condotto Giorgio in casa! Dunque tutta l'imprudenza è mia.

- Ma una moglie prudente - soggiunse Clarenza, assottigliando la voce con moltissimo garbo e staccando le parole, le une dalle altre - ma una moglie prudente avrebbe dovuto rimediare all'imprudenza del marito. Toccava all'Emilia, scusate se parlo così, a farvi notare la poca convenienza di mettervi un giovinotto per casa... se non foss'altro per riguardo al mondo!

- Non ne parliamo più, - interruppe Mario alzandosi e dandosi un'occhiata complessiva nello specchio, appeso al disopra del caminetto. Quindi continuò con un accento d'amarezza infinita.

- Se io vi dicessi che questa sciagura domestica ha spento per sempre il sorriso della mia vita.

- Fortunatamente non è stata una sciagura irreparabile! Meno male, che ve ne siete avveduto in tempo.

- Se io vi dicessi che la condotta abbominevole di Giorgio m'ha nauseato del mondo... mi ha messo in diffidenza con tutta la società!... Se io vi dicessi - (e qui la voce di Mario cominciò a tremare) - che tutte le volte che io mi trovo solo... mi assalgono tristissimi pensieri...e finisco... mi vergogno a dirlo... col vagheggiare il suicidio.

- Mario! - gridò Clarenza, impaurita - guardate bene che io non senta più sulla vostra bocca questa brutta parola!... Quanto tempo avete intenzione di trattenervi qui?..

- Non lo so neppur io: giro il mondo come un pazzo.

- Volete dar retta a me?

- Volentieri.

- Promettetelo.

- Lo prometto.

- In casa nostra, abbiamo un piccolo quartiere che dà sul giardino. È il quartiere destinato per il mio fratello Carlo, quando ritornerà da Berlino, dov'è a finire i suoi studi...

- Vi ringrazio - disse Mario, interrompendola - ma è impossibile, assolutamente impossibile.

- Voi avete bisogno di svago, di distrazione…

- Pur troppo!

- Voi, soprattutto, avete bisogno di non restar mai - solo!... La solitudine è sempre consigliera di tristi pensieri... e segnatamente per voi, per voi che avete un carattere così sensibile, così nervoso! -

- Non abbiate paura, Clarenza - disse Mario, sorridendo a fior di labbra, e pigliando per la mano la sua graziosa interlocutrice.

- Non ho paura, io: ma se accadesse qualche sciocchezza, v'immaginate il rimorso, che sarebbe per tutti noi?...

- Parlatene almeno prima con Federigo.

- Non c'è Federigo che tenga; per vostra regola, in questa casa ci sono il marito e la moglie. Contenta io, contenti tutti.

- Donna veramente rara!... E dire che tanto tesoro di grazia e di spirito poteva esser mio!... Vi rammentate, Clarenza, di quei tempi famosi?...

- Io non mi rammento di nulla! - replicò l'altra con disinvoltura.

- Davvero?... Come non vi rammentate nemmeno di quella famosa festa da ballo, in casa di mia zia?...

- Vi ripeto che io non mi rammento di nulla: di nulla affatto. Mi rammento soltanto d'un proverbio, che dice: «Acqua passata non macina più».

- Ah! Clarenza! I proverbi qualche volta sono crudeli!...

- Saranno crudeli - soggiunse Clarenza ridendo, - ma sono molto comodi per troncare i discorsi uggiosi e inconcludenti.

Mario, che in quel momento si era dimenticato della sua sciagura coniugale (non è concesso a tutti di avere un'eccellente memoria!), si morse leggermente il labbro inferiore; poi, riattaccando la conversazione, continuò:

- E Federigo sta bene?

- Come un pesce nell'acqua - rispose Clarenza, per fargli capire che aveva letto i Masnadieri di Schiller.

- E il vostro commercio delle pelli prospera sempre?

- Vi avverto, Mario - osservò Clarenza con l'accento freddo di una persona mortificata nella parte più viva del suo amor proprio - che oramai è più d'un anno che Federigo si è ritirato affatto dal commercio. Abbandonò la mercatura per dedicarsi interamente alla vita politica!

- Come! - soggiunse il conte, dando in una gran risata. - Avete lasciato le pelli per la politica? Un brutto baratto, cara mia; ve ne avvedrete al bilancio!

- Pazienza! D'altra parte, noi abbiamo tanto, e forse qualche cosa più, per poter vivere agiatamente. Prova ne sia che Federigo, non avendo figli, ha fondato a tutte sue spese un educatorio per le fanciulle povere del comune.

- È una cosa che gli fa onore.

- Questo lo dite voi, e lo dicono tutti: ma il Ministero seguita a far l'indiano. Credete voi che quei signori si siano voluti ricordare una sola volta di mio marito?...

- Per altro - soggiunse Mario, studiandosi di dare alla sua voce il colore di un dolce rimprovero - se le voci sono vere, sento dire che Federigo è uno dei caporioni del partito dei malcontenti...

- Siamo giusti, amico mio - replicò Clarenza vivace mente - come volete che mio marito sia governativo, se non è nemmeno cavaliere?

Mario aprì la bocca a mezzo sbadiglio, tanto per nascondere il balenìo d'un risolino impertinente, che gli era spuntato, senza avvedersene, a fior di labbra; quindi riprese:

- Ditemi un'altra cosa: e Federigo conserva sempre le stesse abitudini?

- Quali abitudini?

- Voglio dire - continuò l'altro scherzando - porta sempre il solito cappello alla calabrese, la solita camicia quasi sempre sbottonata da collo, la solita cravatta di seta in colori?...

- Dico la verità - rispose Clarenza, indispettita e mortificata - sono tutte cose alle quali non ho fatto mai attenzione. Del resto - continuò con voce ironica e alzandosi in piedi - non tutti gli uomini hanno avuto dalla natura il dono di esser belli ed eleganti, come il signor conte Mario!...

- Domando scusa: non ho inteso punto di offendere, né di far confronti!...

- E allora, perché vi occupate tanto della toilette di mio marito?..

- Perché?.. Ah!... mi domandate perché?.. Perché, Clarenza mia, più ci guardo e più mi persuado che avreste dovuto nascere ai fortunati tempi ai Luigi XIV! La vostra mano era degna dei cavalieri più brillanti della corte del gran monarca.

- Badate, Mario! se cominciate a canzonarmi, vi lascio qui su due piedi e me ne vado - disse Clarenza, rimettendosi a sedere.

- Un'altra curiosità. E vostra sorella? non mi avete ancora detto nulla di quel caro diavoletto della Norina.

- Sta in casa con noi.

- Si è rimaritata?

- No.

- Pare impossibile: Così giovine e così graziosa!

- Vi dirò: mia sorella è la più buona figliuola di questo mondo: ma sta male un poco qui.

La Clarenza, profferendo quest'avverbio di luogo, si toccò coll'indice della mano in mezzo alla fronte. Poi continuò:

- Se il giudizio facesse da fedi di nascita, la Norina avrebbe appena dieci anni. Figuratevi, per dirvene una, che in questi giorni ha mandato indietro un magnifico partito. Conoscete, per caso, il signor Valerio?

- Se lo conosco! Siamo vecchi amici. Un bravissimo giovine e che sa fare molto bene i propri affari.

- Valerio è appunto la persona, alla quale Federigo ha ceduto tutto il suo traffico commerciale.

- E la Norina lo ha rifiutato?

- Rifiutato veramente, no; ma già è lo stesso: lo ha disgustato... stancato.

- E il perché si sa?

- Io lo so pur troppo. È un perché da ragazzi. A voi, antico amico di casa, posso anche farvene la confidenza.

Nel dir quest'ultime parole, Clarenza si alzò: e con passo leggerissimo andò a metter l'occhio allo spiraglio di una porta semichiusa, che rimaneva dalla parete opposta, in faccia al caminetto.

- Scusate la mia curiosità - disse il conte, che non capiva nulla in questo brano di pantomima - e tutta questa circospezione, perché?.. Ma sarebbe per caso un segreto di Stato?…

- Ho le mie buone ragioni - rispose Clarenza, tornando verso il caminetto; - bisogna sapere che la Norina spesso e volentieri si diverte a stare a sentire dietro agli usci.

- Nossignora, nossignora! - gridò una voce limpida e squillante come un campanello - la Norina non si è divertita mai a stare a sentire dietro agli usci. Ecco qui perché, mi è accaduto una volta... una sola volta... la mia signora sorella non l'ha fatta più finita!

La Norina, che era già entrata in sala improvvisamente, guardò la sorella in un certo modo tragico-comico, quasi volesse dire: carina! ci rivedremmo a quattr'occhi.

Quindi, cambiata fisonomia e fattasi tutta sorridente, si volse al conte e stendendogli la mano:

- Buon giorno - gli disse - signor Mario. Buon giorno e bene arrivato!

- Si parlava appunto di voi.

- Me l'ero figurato.

- Raccontavo, giusto, a Mario, lo sproposito che hai fatto - soggiunse Clarenza.

- Sproposito?.. quale sproposito?

- Quello di esserti disgustato il signor Valerio.

- Per carità... - fece la Norina, con l'accento piagnucoloso della persona annoiata - per carità…: non parliamo più di lui. Oramai è un motivo vecchio.

Mi è venuto a noia come la pira del Trovatore.

- Hai torto!

- Pazienza! tanto peggio per me: se non foss'altro il nome di Valerio! Mi è parso sempre un nome da commedia.

- Mettiamo da parte le giuccherie: Valerio è un negoziante intelligente, che fra qualche anno sarà un bel signore...

- Ma sempre uggioso, sempre antipatico, sempre molesto. Insomma, io sento benissimo, che se lo sposassi, farei due disgraziati!... - disse la Norina, facendo colla bocca una smorfia curiosa, come se avesse parlato d'olio di fegato di merluzzo non depurato.

Clarenza guardò in viso la sua sorella; quindi aggiunse con accento ironico e stentato:

- Sì!... Sposerai quell'altro!...

- Ah! dunque c'è un altro? - domandò il conte, ficcandosi tutte e due le mani nelle tasche della sottoveste e mettendosi fra mezzo alle due giovani donne.

- Io non so nulla! - replicò Clarenza.

- Eccovi la spiegazione della favola - soggiunse francamente la Norina. - Bisogna sapere che la signora Clarenza si è messa in capo che io abbia ancora qualche speranza sul marchesino di Santa Teodora.

- Questa è la favola: io racconterò la morale - replicò Clarenza. - Bisogna sapere che il marchesino di Santa Teodora, dopo esser venuto per qualche tempo in casa nostra con molta frequenza, cominciò un bel giorno a diradare le sue visite... e finì poi come doveva finire.. cioè, col non venirci più!

- A buon conto, se n'è andato senza dire addio: dunque potrebbe ritornare.

- Sì, aspettalo.

- Non lo conosco punto questo Santa Teodora: è un bel giovine? - domandò il conte.

- È marchese! ecco tutta la sua bellezza!... - disse Clarenza: e avvicinatasi a Mario, gli sussurrò sottovoce:

- Per la smania di un titolo, la Norina sarebbe capace di commettere qualunque sciocchezza.

- Volete conoscerlo, Mario? - disse la Norina, tirando fuori da un piccolo portafoglio un ritratto in fotografia.

- Vediamolo - rispose il conte: e prese in mano il ritratto, per osservarlo. In quel mentre, la Norina gli bisbigliò velocemente negli orecchi:

- Vedete! Se domani, per disgrazia, diventassi marchesa, la Clarenza sarebbe capace di cavarmi gli occhi. Come son curiose certe debolezze! perché è toccato a lei un pellicciaio, così pretenderebbe che tutte le donne dovessero sposare dei negozianti di pelli!...

- Dunque, Mario?.. - interruppe Clarenza, che aveva indovinato l'argomento di quel cicaleccio, mormorato a fior di labbra.

- Avete ragione - disse il conte, andando a prendere il suo cappello, che aveva posato sopra una sedia. - Poiché volete così, vado subito a prendere la mia valigia.

- A proposito, Norina; ho da darti una notizia gradita: questo signore - (e Clarenza accennò Mario) diventa per qualche giorno ospite in casa nostra.

- Lo so! - rispose la Norina sbadatamente.

- Chi te l'ha detto? - domandò Clarenza vivacemente.

- È stato un caso - replicò la Norina, mendicando una scusa. - Traversava appunto il salotto verde, quand'ho sentito che tu dicevi...

- Capisco, capisco: il solito caso!... Del resto, il povero Mario è malatissimo di nervi... ed ha bisogno di svagarsi. Tocca dunque a noi a cercar tutti i mezzi per non dargli tempo di ricordarsi del suo malumore. La sera faremo un po' di musica: qualche volta un po' di ballo: e appena il tempo si rimetterà, anderemo a passare una bella giornata alla nostra villa di Belmonte...

- Cara Norina! - disse Mario dandosi alla sfuggita un'occhiata di compiacenza nello specchio - mi è cascata addosso una di quelle disgrazie!...

- Pur troppo!... - soggiunse sbadatamente la Norina.

- E come l'avete saputa?

- Sarà stata la solita combinazione, il solito caso!... - interruppe Clarenza, ridendo e guardando la sorella.

- Le forze mi hanno talmente abbandonato! - seguitò il conte, alzandosi con fatica dalla poltrona dov'era più sdraiato che seduto, - le forze mi hanno talmente abbandonato, che io sento benissimo che vado incontro a una gran malattia.

- Ubbie! esagerazioni! - disse la Norina. - Se tutti i dispiaceri coniugali portassero necessariamente seco una malattia, a quest'ora tutto il mondo sarebbe uno spedale...

- Che disinganno atroce! un amico, capite?.. un amico, che tradisce...

- Andate, Mario, andate a prendere la vostra roba.

- Avete ragione, Clarenza!... Compatitemi se mi ripeto troppo spesso... e rammentatevi che è un'opera di misericordia quella di sopportare le persone moleste! A fra poco.

E il conte se ne andò.

- Povero diavolo! eppure mi fa male! - disse Clarenza con accento di vera compassione.

- Io dico, invece, che gli sta bene!... Quando un uomo ha per moglie una donna giovane e graziosa, come è l'Emilia, prima di mettersi in casa un amico pericoloso, dovrebbe pensarci venti volte, eppoi non farne nulla.

- Bada veh! In questo caso, secondo me, la più colpevole è l'Emilia. Toccava a lei a protestare.

- Povera figliola! Chi lo sa! forse non prevedeva nulla di male... forse si credeva sicura di qualunque pericolo...

- Eh! cara mia - replicò Clarenza scrollando leggermente il capo - tutte ci crediamo sicure!... E il mondo? non lo conti per nulla? il mondo che è così chiacchierino, così pettegolo, così mettibocca?..

La Norina guardò in viso la sorella: e dette improvvisamente in una grandissima risata, mostrando trentadue denti di sfavillante bianchezza...

- E ora, di che ridi? - domandò Clarenza impermalita.

- Rido di te!

- Imbeci...!

Clarenza si riprese a tempo, e non finì la scortese parola.

- Tu che critichi tanto il poco giudizio dell'Emilia - continuò la Norina - mi sapresti dire, allora, perché hai ceduto a Mario il quartierino di nostro fratello?

- Che discorso è codesto?.. vorresti forse paragonare me coll'Emilia? L'Emilia sarà una buona donna... e una bravissima donna... ma in fondo in fondo, è una donna come ce ne sono tante. Quanto poi a me! (e qui alzò la voce) - posso dirle, cara la mia signora, che io mi sento sicura e sicura davvero...

- Tutte ci sentiamo sicure!... - soggiunse l'altra, con finissima canzonatura! ma poi, non c'è forse il mondo? quel mondaccio che è così lesto di lingua?...

- Il mondo sa con chi deve pigliarsela, e chi deve rispettare; il mondo sa che vi sono delle mogli che non ammettono nemmeno il sospetto. Per tua regola io sono come la moglie di Cesare.

- Di che Cesare?..

- Di Cesare, romano.

- Huh!... - fece la Norina, che era debolissima nella storia romana! forse l'avrò conosciuto questo Cesare, ma ora non ne lo ricordo!...

In questo mentre entrò nella sala il marito di Clarenza. Federigo era uomo sulla quarantina: non elegante, ma pulito: vegeto, liscio e colorito, come una melarosa: una di quelle fisonomie comunissime che, quando si vedono la prima volta, pare di averle incontrate le molte volte e conosciute sempre.

- Finalmente!... - disse entrando in sala e andandosi a buttare tutto di un pezzo sulla poltrona, che era dinanzi al caminetto.

- Che cos'hai fatto?.. - domandò Clarenza, senz'ombra di curiosità, quasiché conoscesse a memoria la risposta.

- Non ne posso più... sono stanco, sfinito. Da stamani in poi non ho avuto un momento di respiro. Cara mia - continuò, passandosi e ripassandosi il fazzoletto bianco dal principio della fronte fino a quattro dita dietro la nuca, sopra una strisciata di cranio lucido e pulito, quasi fosse d'avorio - cara mia! la popolarità, non lo nego, ha le sue dolcezze e le sue grandi soddisfazioni, ma pur troppo è seminata anche di noie e di dispiaceri. Se io avessi un figliuolo, gli direi contentati della modesta oscurità, e non far come tuo padre! Quando un uomo ha fatto tanto di diventar necessario al suo paese, addio pace, addio tranquillità, addio benessere. Per lui non c'è più bene, né giorno, né notte.

- E ora di dove vieni? - domandò Clarenza.

- Esco in questo momento dal Comitato elettorale. Finalmente, se Dio vuole, abbiamo trovato il nostro candidato.

- E sarebbe?

- Il marchese Sorbelli..

- Credevo qualche cosa di meglio - fece la Norina, torcendo un po' la bocca - il marchese non è passato mai per un'aquila.

- Non sarà un'aquila - riprese Federigo - ma però è un uomo di carattere: tutto d'un pezzo. Non l'ho mai sentito dir bene di nessun Ministero!

- Parla bene? - chiese Clarenza.

- No - rispose il marito con la serietà dell'uomo che se ne intende - no: parla piuttosto male: ma legge benissimo: e questo è un gran requisito per un oratore. Voglio fargli un partito...

- Saprai che fra qualche giorno avremo qui Sua Eccellenza!... - disse Clarenza, appoggiando la voce con ironia su quest'ultime parole.

- Lo so, lo so! L'ho visto dai giornali.

- M'immagino che verrà qua per le elezioni?

- Si capisce bene. Un po' per l'elezione e un po' per albagia. Fa tanto piacere di ritornar ministri, nel paese dove siamo nati, e dove per tanti anni siamo stati uomini, come tutti gli altri.

- A proposito dei ministri - interruppe la moglie, con disinvoltura - sai chi abbiamo per ospite in questo momento?

- Chi?

- Il nipote di Sua Eccellenza.

- Mario?

- Lui in persona.

- Sapevo che Mario era qui - continuò Federigo - ma non sapevo che fosse alloggiato in casa nostra.

- Gli ho ceduto il quartiere di Carlo: ho fatto male?

- Hai fatto benissimo; sono avversario politico del ministro: ma voglio bene a quest'altro. Povero Mario!... in questi giorni ha avuto per casa una bella burrasca.

- Come lo sai?

- Ho ricevuto una lunghissima lettera dalla madre dell'Emilia.

- A quanto pare, è stata una cosa seria - disse Clarenza.

- Seria no!... - rispose Federigo - ma poteva diventar serissima. Risulta dai documenti che per ora si trattava semplicemente d'una chiassata... d'un amor platonico...

- Allora è un'inezia! - soggiunse la Norina, facendo colla bocca un certo garbo, come se volesse dire: «non c'è sugo!».

- Un'inezia? - replicò vivacemente Federigo - adagio un poco con quell'inezia!... Bisogna persuadersi, cara mia, che fra l'amor platonico e l'amare... senza Platone, c'è appena la distanza che divide il sigaro dalla cenere.

- Pare impossibile - osservò Clarenza, tenendo gli occhi incantati e fissi verso terra. - Non l'avrei mai creduto!... E la madre dell'Emilia che cosa scrive?

- Mi scrive un monte di cose... Mi scrive, che questa giuccheria avrebbe potuto benissimo restare abbuiata fra le pareti domestiche... ma quel benedetto figliuolo di Mario, credendo di tutelare il proprio onore, ne volle fare per forza una scena da teatro diurno... Mi scrive che l'Emilia è disperata, che non fa altro che piangere giorno e notte... e finisce in fondo col raccomandarsi a me perché veda di trovare il verso di rimettere d'accordo questi due sciagurati.

- Pensaci bene, prima! - disse Clarenza, appoggiando la voce su quest'avvertimento.

- A che cosa?

- Non ti caricare di legna verde. Se fossi in te me ne laverei le mani.

- No davvero: mi ci voglio provare. Se non riesco, pazienza; mi terranno conto della buona volontà. Si è veduto Valerio?

- Valerio? Che deve venir qui? - domandò Norina

- Così mi ha promesso! Ho da consegnargli queste carte... - e Federigo si levò di tasca un involto di fogli e andò a posarli sulla mensola del caminetto: poi, voltandosi verso la giovine cognata, che lo guardava fisso, seguitò sorridendo:

- Sai, Norina, che or ora, tornando a casa, m'è venuta per il capo una curiosa idea?..

- Un'idea? Sentiamola.

- Se io tentassi...

- Male! male... - interruppe l'altra.

- Lasciami finire, che Iddio ti benedica; se io tentassi - si capisce bene a tutto mio rischio e pericolo - di...riattivare le buone relazioni, come diciamo noi altri uomini politici.

- Tempo perso, Federigo! Te l'ho detto mille volte; e oggi te lo ripeto: non mi voglio rimaritare.

- Ne sei sicura?

- Sicurissima.

- Norina! tu fai uno sproposito.

- Pazienza! Maritandomi, ne farei due: uno per conto mio, e un altro per conto di quell'infelice...

- Ma la ragione di questa tua ostinazione?.. - domandò Federigo, quasi riscaldandosi.

- Te la dirò io - soggiunse Clarenza, collocandosi fra il marito e la sorella.

- Sentiamo un poco la celebre indovinatrice! - gridò con bizzosa ironia la Norina. - Peccato che tu non faccia anche i lunari e che tu non venda i numeri per il lotto!...

Clarenza, ridendo della bizza della sorella, si piegò verso l'orecchio di Federigo, sussurrandogli abbastanza forte, per essere intesa:

- Tutto fiato buttato via: la tua signora cognatina ha sempre qualche speranza!...

- Speranza di che?.. Ah! ora capisco! - disse Federigo, in atto di rammentarsi qualche cosa - ma, se non sbaglio, quella oramai è una speranza fallita.

- Un momento - interruppe la Norina, facendosi seria: - dichiaro che io non ho nessuna speranza: ma casomai l'avessi, non vedo perché si dovrebbe chiamare una speranza fallita.

- Dunque non sai nulla?..

- C'è forse qualche cosa di nuovo?

- Mi dispiace doverti dire che il marchesino di Santa Teodora, fino da ieri, è officialmente fidanzato della figlia del console americano.

- Lo sai di certo?

- Di certissimo. Me l'ha detto un'ora fa, alla Borsa, il segretario stesso del Consolato.

Ci furono due minuti di profondissimo silenzio. Poi la Norina, alzando il capo, domandò:

- È bella la sposa?

- Bella no - replicò Federigo - ma un modello di virtù e di dote. Cinquantamila franchi di rendita.

La Clarenza che, vedendo la sorella mortificata e confusa non poteva dissimulare un risolino di consolazione, diffuso per tutta la faccia, disse interrompendo:.

- Io vado a prendere la chiave del quartierino di Carlo. Voglio vedere da me stessa se ogni cosa è all'ordine.

E uscì dalla sala.

Rimasti soli - la Norina e Federigo - quest'ultimo domandò alla sua giovane cognata, che era rimasta quasi interdetta:.

- A che cosa pensi?

- Penso a quella povera disgraziata.

- A chi?

- Alla figlia del console... Secondo me non poteva capitar peggio. Il marchese di Santa Teodora passa per un giovane di spirito, ma in fondo non è altro che un imbecille. Figurati se io lo conosco bene!...

- Sono tutte cose, che io l'ho dette prima di te. Eppure... scommetto che l'avresti preferito a Valerio...

- Domando scusa: fra carattere e carattere non c'è confronto. Valerio è un uomo: e quell'altro è un ragazzo.

- Questo si chiama ragionare! Ah! Norina! Peccato che tu non abbia intenzione di rimaritarti!...

- Chi l'ha detto?

- Io no.

- Nemmen'io.

- Si vede, che non avrò capito bene! - disse Federigo, con accento di falsa mortificazione.

- O forse sono io, che mi sarò spiegata male. Insomma, ho voluto dire che io non intendo di rimaritarmi fino a tanto che non trovo una persona che mi vada a genio.

- Dico la verità: vorrei un po' sapere perché quel povero Valerio ti è tanto antipatico?

- Ho non ho mai detto che mi sia antipatico... dico soltanto, che non mi piace. È troppo serio, troppo sostenuto...

- Ma un'eccellente persona.

- Non c'è che dire: ma suscettibile, permaloso, delicato peggio d'una donna!...

- Eppure - continuò Federigo, accostandosi e insistendo con un certo interesse

- eppure, vedi, quantunque tu l'abbia trattato piuttosto male, sono convintissimo che basterebbe una tua mezza parola, perché... si potessero ripigliare le trattative, come diciamo noi altri uomini politici.

- Con un superbiosaccio di quella fatta?... Mi pare un po' difficile.

- A buon conto, Valerio è stato innamorato morto di te... e l'amore, quando è stato di quello buono, è come le malattie di petto, ha la convalescenza lunga. Aggiungi poi che Valerio ha per me della gratitudine... della deferenza... Insomma, per farla finita, io scommetto che avrei accomodato ogni cosa.

- Bada, Federigo. Io, invece, ho una gran paura che ti saresti fatto canzonare.

- Sei contenta che mi ci provi?

- Padrone! Provati pure.

- Ma se, per caso, arrivo a convertirlo, spero che non mi farai fare la figura del Pulcinella.

- Diavol mai! Non son mica una bambina!

In questo mentre, Francesco si presentò sulla porta ed annunziò: - Il signor Valerio.

- A tempo! - disse Federigo.

- Io scappo! - soggiunse l'altra, sottovoce.

- Sarà una vittoria, o un fiasco? Che cosa ti dice il cuore?

- Come c'entra il cuore in queste ragazzate?.. - replicò vivacemente la Norina, e sparì.

Valerio entrò in sala. Era un giovine fra i trenta e i trentacinque anni: di statura mezzana: né bello, né brutto. Parlava adagio, rideva poco, camminava sempre dello stesso passo, e vestiva da un anno all'altro di nero. Queste quattro grandi qualità gli avevano procurato la reputazione di negoziante onesto, il posto di consigliere municipale e il grado di capitano nella guardia cittadina.

- Ecco, Valerio, il nostro piccolo contratto bell'e firmato - disse Federigo, porgendogli il quaderno che aveva posato, un quarto d'ora prima, sul caminetto.

- Andava bene? - domandò l'altro.

- Egregiamente.

- Ora, signor Federigo, non mi resta altro che ringraziarvi del vero favore che mi avete fatto.

- Di quale?

- Di avere acconsentito a rimanere per una piccolissima parte interessato nella mia casa commerciale.

- Si capisce bene, che è un segreto fra noi due. Io non voglio comparire in nulla, né impicciarmi di nulla.

- A me, mi basta di sapere che siete mio socio. Ecco la gran parola, la quale, se non foss'altro, mi pare che debba portarmi la buona fortuna.

- Oggi non siamo che soci di commercio! - soggiunse Federigo, pigliando a braccetto l'amico. - E dire che avremmo potuto essere qualche cosa di più!... fors'anche parenti!...

- La colpa non è stata mia.

- Non ci confondiamo. c'è stata un po' di colpa da tutte e due le parti. Ma nulla di serio: il gran nulla. Tant'è vero che io ho creduto sempre - e lo credo anch'oggi - che con un po' di buona volontà si potrebbe ristabilire l'entente cordiale, come diciamo noi altri uomini politici.

- Impossibile! Assolutamente impossibile!...

- E perché?

- Facciamoci a parlar chiari, signor Federigo. Io non sono più un ragazzo. Sono un uomo. La mia dignità personale non mi permette di far simili figure. No, no: quando abbiamo presa una risoluzione - bisogna che sia quella. Caso diverso, che cosa dovrebbe dire il mondo di me?

- Benedetto questo mondo! Lasciatelo dire: eppoi finirà col seccarsi la gola.

- Non posso!

- Ma perché?..

- Perché?.. Ci sono certe cose che si sentono, e che non si possono ridire colle parole. Questi pentimenti, questi ritornelli sono perdonabili nelle persone leggere, negli uomini di poca conseguenza. Quanto a me, vi confesso il vero, mi parrebbe di diventar ridicolo; mi parrebbe di far la parte di Don Fulgenzio negl'Innammorati di Goldoni.

- Che ostinato!

- Avete ragione: mille ragioni. Disgraziatamente il mio carattere è di quelli che si spezzano, ma non si piegano. Piuttosto soffro: mi rodo dentro di me; ma una debolezza, una ragazzata, mai!

- Mi dispiace. Proprio mi dispiace!

- Dispiace anche a me: ma, ve lo ripeto, la colpa non è mia: la colpa è tutta della signora Norina...

- E con qual diritto il signor Valerio si permette di giudicare le mie azioni? - domandò la Norina, entrando improvvisamente nella sala.

- Domando scusa: io dicevo... - balbettò Valerio, voltandosi tutto confuso.

- È forse lei il mio fidanzato?

- No davvero.

- Il mio tutore?

- Nemmeno per sogno.

- Il mio direttore spirituale?

- Dio me ne guardi!

- Dunque vorrei un po' sapere con qual diritto il signor Valerio si occupa tanto di me?

- Ecco... le dirò... Prima di tutto bisogna sapere che il signor Federigo in questo momento, stava insistendo per persuadermi...

- So tutto.

- Tutto - replicò Valerio, maravigliato. - Com'è possibile?.

- Ripeto, che so tutto...

- Ma si tratta di una conversazione confidenzialissima, fatta ora, qui, fra noi due, a quattr'occhi...

- Non importa: per una certa combinazione ho inteso tutto.

- La solita combinazione... di stare a sentire - borbottò fra i denti Federigo, ammiccando comicamente la sua giovane cognata.

- Prima d'ogni altra cosa - seguitò a dire la Norina collo stesso tuono di voce e colla stessa velocità di parola - debbo osservare che Federigo non ha diritto d'impicciarsi degli affari miei; e che ha fatto male, anzi malissimo...

- Mi basta la sinfonia: il resto dell'opera me lo figuro! - interruppe Federigo; e colto il pretesto, se la svignò.

- Non c'è dubbio. Mio cognato ha fatto malissimo a insistere con tanto calore su questa... scioccheria. Dio sa che cosa vi sarete figurato!...

- Io?..

- Che cosa vi sarete messo per la testa! Forse nella vostra infinita vanità, avrete creduto che io mi struggessi proprio dalla passione!...

E la Norina accompagnò queste ultime parole con una risata quasi impertinente.

- Vi pare! - replicò modestamente Valerio.

- Forse vi sarete immaginato che io non potessi vivere senza di voi.

- Prego, signora Norina...

- Che, perduto voi, per me non ci fosse più speranza di trovar marito.

- Tutt'altro, tutt'altro.

- Ebbene, ricredetevi. Vi siete ingannato all'ingrosso. Voi - (e qui la Norina cambiò accento e abbassò leggermente la voce) - voi, ne convengo pienamente, siete una persona rispettabilissima: negoziante onorato...

- Troppo buona.

- Consigliere municipale...

- Grazie.

- Capitano della guardia nazionale. Insomma siete un giovine pregevole per mille titoli: ma credete forse di essere il solo?

- Non l'ho mai pensato.

- Voi valete molto, non c'è dubbio: ma credete forse che non ci sieno molti altri che valgono quanto voi?..

- Chi ne dubita?

- Siamo schietti, una volta! - disse Norina, mettendosi a sedere, e accennando a Valerio di accomodarsi. - Raccontiamo la cosa, come sta; voi siete venuto in casa mia: mi avete fatto un po' di corte, come fanno tutti: finché un bel giorno, non so il perché, avete finito col chiedere la mia mano.

- Ed ebbi il vostro pieno consenso - soggiunse subito Valerio.

- Non corriamo troppo - replicò la Norina. - In quanto a questo pieno consenso, adagio. Non vi dissi veramente né sì, né no. Se ve lo ricordate bene, pigliammo tempo a riflettere e a studiare reciprocamente i nostri caratteri.

- Non mi pare che andasse precisamente così.

- Vi dico che andò così.

- Sarà come dite - soggiunse Valerio, piegando il capo in atto di sommissione forzata - mi dispiace, che disgraziatamente in certi casi, non si può consultare nemmeno il processo verbale.

- In quel frattempo - continuò la Norina, accavallando una gamba sull'altra, e facendo uscire di fondo al vestito la punta di un elegantissimo stivaletto di marrocchino dorato. - In quel frattempo, venne presentato in casa nostra il marchese di Santa Teodora... un giovine educato... distinto...

- Anzi, distintissimo.

- Era mio dovere mostrarmi gentile con lui, come con tutti gli altri.

- Forse...

- Forse che cosa?

- Forse un po' troppo gentile!...

- Troppo?.. Non me ne accorsi mai.

- Me ne accorsi io!

- Difatti, ne pigliaste ombra... e cominciaste subito a fare l'adirato... il fiero, il cattivo...

- Cara Norina, era una questione di sentimento.

- Ma che sentimento? era una questione di vanità, tutta di vanità. Vi sono degli uomini che a lasciarli fare, pretenderebbero dalle donne l'adorazione perpetua.

- Io non sono di questi uomini! - disse Valerio con fierezza.

- Né io di quelle donne! - replicò l'altra. - Il fatto sta che il vostro contegno, sostenuto e quasi disprezzante, cominciò a impormi una certa freddezza...

- Norina! chiamiamola freddezza.

- Amico mio, se voi andate in cerca di amori a grande effetto, di passioni teatrali, di sentimentalismi al chiaro di luna, io non sono la donna per voi. Io amo il ritegno e la compostezza, in tutto, anche nell'amore!

- Mi sarò ingannato.

- Il fatto, mi pare, parla chiaro da sé: dopo poche settimane, il marchese di Santa Teodora, forse in grazia della mia troppa cortesia, a suo riguardo! cominciò a diradare le visite e finì coll'allontanarsi del tutto. Oggi poi, come forse sapete, è promesso sposo della figlia del console americano.

- Ma perché, Norina, non vi degnaste allora di togliermi dal mio inganno? di farmi vedere il mio errore? l'insussistenza de' miei sospetti? la stranezza della mia fissazione?

- Io? Dio me ne guardi. Piuttosto la morte, che scendere all'umiliazione di giustificare la mia condotta. Non ve lo nascondo, Valerio: i vostri dubbi... i vostri sospetti, mi hanno offeso... mi hanno fatto male! molto male. Ma non importa. Non sentirete mai sulle mie labbra un lamento, né una parola di rimprovero. Oggi che fra noi due tutto è finito - tutto! - posso parlare liberamente... e ne ringrazio Iddio. Questo sfogo, vedete, mi toglie dal cuore un'oppressione dolorosa!...

- Norina, e perché avete detto che fra noi tutto è finito?

- Curiosa domanda!

- E non potrei ridomandare il vostro affetto e la vostra mano?

- Valerio! non vi consiglio a farlo. A un uomo, come voi, a un uomo del vostro carattere, certi sentimenti non convengono. Sono cose scusabili appena a diciott'anni.

- Non capisco - insisté Valerio, mortificato. - Non sarò dunque padrone di riconoscere che mi sono ingannato? che ho avuto torto?

- Padronissimo! Ma il mondo!... che cosa dirà il mondo?...

- Il mondo dirà quel che vuole. Alla fin dei conti, io non sono schiavo delle ciarle dei pettegoli e degli oziosi.

- Pensateci bene, Valerio. C'è il caso che i begli spiriti vi paragonino al Don Fulgenzio di Goldoni.

- Mi faranno ridere di compassione.

- Come! voi, così misurato, così pauroso dei cicaleggi e delle cronache dei maldicenti, oggi mi venite fuori a fare l'indipendente?.. l'uomo che se la ride?.. Ditemi Valerio: non volete per caso prendervi giuoco di me?

- Norina! - disse Valerio in atto supplichevole, pigliando la mano della sua graziosa interlocutrice, e stringendola con passione.

- Non vi credo. Lasciatemi.

- Ascoltate!...

- Non voglio sentir nulla.

- Norina! una parola... una sola parola... vi supplico...vi scongiuro... - e nel dir così accadde a Valerio quel che per il solito accade agli innamorati sulla scena: si trovò, senza avvedersene, quasi in ginocchio dinanzi alla sua bella.

In questo punto entrò nella stanza Clarenza. Valerio si rizzò in piedi colla velocità d'una molla d'acciaio.

- Scusate, amico - disse Clarenza, ridendo - mi dispiace di avervi scomodato. Restate pure in ginocchio: non fate complimenti. Buone nuove, a quel che pare?

- Sì - rispose la Norina. - La pace è firmata: ma non gli ho ancora perdonato il grandissimo torto che mi ha fatto...

- Non ne parliamo più - interruppe Valerio. - Sarà mia cura di farmelo perdonare.

- E così?.. - domandò Federigo, soffermandosi sulla porta.

- Vieni avanti. Tutto è accomodato. Bisogna pensare daccapo a questo regalo di nozze - disse Clarenza, mostrandosi molto più allegra della sorella.

- Bravi! così mi piace! - soggiunse Federigo, mettendosi in mezzo ai due fidanzati. - Già io l'avevo detto sempre: fra quei due ragazzi ci dev'essere un equivoco, un malinteso...

- E difatti era un malinteso - disse Valerio. - A proposito - ripigliò il marito di Clarenza - scusa se salto di palo in frasca: ma qui non c'è tempo da perdere. bisogna cominciare a occuparsi di queste elezioni.

- Quanto a me, son pronto. Ma...

- Ma che?

- Debbo dirlo con tutta franchezza? mi pare che il nostro candidato abbia pochissime simpatie, qui in paese.

- Gliele procureremo.

- Il marchese Sorbelli è un galantuomo: ma bisogna convenire che ha addosso una gran tara.

- Quale?

- La moglie. La marchesa è antipatica a tutti.

- Sta un po' a vedere, da qui in avanti, bisognerà che un candidato abbia anche la moglie simpatica, se vuole essere eletto!...

- Non dico questo.

- La marchesa, ne convengo anch'io, è un po' superba, un po' cattedratica, ma del resto è una donna di molto merito... e vale molto più di suo marito. Anzi, fra pochi minuti l'aspetto qui.

- Che cosa vuole da te? - domandò Clarenza.

- Vuol farmi sentire il manifesto elettorale di suo marito... vuol sapere se ci trovo nulla da ridire. Una bella garbatezza, non è vero? Lo spettacolo di questa aristocrazia, che viene a bussare alle porte della borghesia, in cerca di consigli, mi fa sperare bene dell'avvenire del paese.

- Sento dire che il deputato governativo ha fatto molti proseliti. Fra qualche giorno avrà anche il rinforzo del ministro in persona - disse Clarenza.

- Che venga questo signor ministro - replicò Federigo - io lo attendo a piè fermo. Non vedo l'ora di misurarmi con lui.

- Davvero - soggiunse Clarenza, - che quei signori del Ministero non hanno diritto di averti per amico! Ti hanno trattato, come il bidello del municipio.

- Come c'entra l'avermi trattato in un modo piuttosto che in un altro? Qui non è questione di persona; è questione di principii, cara mia: i principii passano, e le persone...

- Ovvero - soggiunse Clarenza - i principii restano, e le persone...

- Domando scusa! - gridò Federigo. - Sono le persone che restano...

- Non voglio contraddirti - osservò modestamente la moglie - ma ho sentito dir sempre: le persone passano, e i principii restano.

- Hai sentito dir male; moltissimo male perché io, invece, ho veduto sempre che i principii passano e le persone restano. In ogni modo, che venga il signor ministro e ci riparleremo.

- Il signor Mario - disse Bettina, affacciandosi sulla porta di mezzo.

- Caro Federigo; io sono tuo ospite - disse Mario, stendendogli la mano.

- È un regalo che Clarenza mi ha improvvisato - replicò l'altro, abbracciandolo e baciandolo.

Mario, avendo veduto Valerio e la Norina che parlavano fra loro, in strettissimo colloquio, si voltò sorridendo a Clarenza, domandandole sottovoce:

- Sbaglio, o mi era stato detto che fra quei due signori?...

- Verissimo - rispose Clarenza - ma oggi è cambiato improvvisamente il vento...

- Compatisco la Norina! - aggiunse Mario; - è una donna, e la donna è sinonimo di debolezza; ma mi fa meraviglia di lui! - (e accennò Valerio).

- Caro mio - replicò la moglie di Federigo - se sapeste alle volte come sono buffi gli uomini seri!

- Ho avuto in questo momento una lettera dalla tua suocera - sussurrò Federigo, avvicinandosi piano piano all'orecchio del conte.

- M'immagino che cosa ti avrà scritto! Che ne dici eh? Una donna che adoravo e per la quale avrei messo tutte e due le mani nel fuoco.

- Cose di questo mondo, amico mio! Il proverbio lo dice: chi non vuole infarinarsi, non vada al mulino.

- E quello scellerato?..

- Tieni a mente, Mario! sono appunto gli amici, dai quali bisogna guardarsi... Ma siamo giusti: come mai un uomo di spirito, che ha per moglie una graziosa donnina, può pensare a mettersi per casa?..

- Lo so! Lo so!

- Mario, è stata grossa. A me, dico la verità, non mi sarebbe accaduto dicerto. Ci vuole occhio, capisci, occhio! Debbo per altro dirti che mi son preso l'incarico di aggiustare ogni cosa e di riconciliarvi.

- Per carità, non parliamo di riconciliazione. Sento il sangue che mi va alla testa.

- Basta così, ne discorreremo a tempo opportuno.

- Voltati in qua - disse a un tratto Clarenza, pigliando suo marito per un braccio, e dandogli un'occhiata da capo ai piedi.

- Che cosa c'è di nuovo? - domandò Federigo.

- Nulla di nuovo - rispose l'altra. - Anzi, le solite cose: la solita camicia sbottonata, la solita cravatta, messa senza garbo né grazia!... Pare impossibile che tu non abbia da avere un po' di amor proprio... Dice bene una certa persona, - (e Clarenza guardò alla sfuggita Mario) -a non sapere chi sei, ci sarebbe da scambiarti per un fattor di campagna, o per un negoziante d'olio.

- Guarda quanti casi, stamani! Eppure sono stato sempre così.

- Hai fatto sempre male!

- Bisognava dirmelo prima.

- Te lo dico oggi e basta. Se non vuoi avere nessun riguardo per te, potresti averne almeno un poco per tua moglie... mi pare!...

- Io non ci capisco più nulla - disse Federigo sottovoce al conte. - È la prima volta che Clarenza fa una scenata simile.

- Donne, caro mio, donne: vale a dire sciarade ritte sopra due graziosi piedini (quando son graziosi): rebus difficili a spiegarsi, e che una volta spiegati, si vede bene che non son altro che una formula di vanità, o un'operazione di calcolo infinitesimale!

- Clarenza - soggiunse Federigo - è un'ottima donna: ma, pur troppo, la vanità è stata sempre il suo lato debole. Ella avrebbe avuto bisogno di nascere regina e di avere sposato il re dell'universo. All'opposto di me. Io, invece, posso avere tutti i difetti del mondo; ma la vanità non l'ho mai conosciuta.

- Davvero?..

- Mai! e te lo provo col fatto. Vorrei vedere un altro che fosse stato trattato come sono stato trattato io! Tu sai quel che mi costa l'Italia; ebbene, credi tu che lassù al Ministero abbiano dato segno di accorgersi che io sono nel mondo dei vivi?..

- Lo so, è un'ingiustizia; e voglio che ci sia rimediato. Ho scritto apposta al mio zio... riserbandomi poi a parlargliene a voce, quando sarà qui.

- Intendiamoci bene - disse Federigo, cambiando tuono di voce - se ti ho fatto questa confidenza inconcludente, non vorrei che tu potessi credere...

- Ti pare.

- Non ho chiesto mai nulla! e non voglio nulla! Lo sai di che panni ho vestito sempre: non ho dato mai nessun peso e nessuna importanza ai ciondoli. Mi son parsi sempre balocchi per i ragazzi...

- Eppure, se te ne mandassero uno... - disse Mario, sorridendo.

- Lo rimanderei. Oh! lo rimanderei, senza dubbio: è una questione di principio.

- Quand'è così, è inutile affatto che io spedisca la lettera..

- L'avevi di già scritta?

- Eccola qui: leggila e strappala.

- To'! mi meraviglio. Non ho mai strappato le lettere degli altri. Ecco una lettera, che entrerà probabilmente nel limbo delle lettere destinate a non aver mai nessuna risposta.

- Pazienza. E ora dimmi una cosa. A che ora passa di qui il treno postale?

- Alle tre precise.

- Sono le due e mezzo - disse Mario, guardando l'orologio. - Per oggi, non c'è più il tempo d'impostarla. La imposterò domani.

- Sì, sì, - replicò Federigo - puoi impostarla domani, doman l'altro, quell'altro, fra una settimana, fra un mese... Tanto è una lettera di nessuna urgenza.

- Di nessunissima.

- Per altro... ti faccio osservare che se la lettera premesse davvero...

- Ma se ti dico che non preme!

- Voglio dire, che se la lettera premesse davvero, si sarebbe in tempo a impostarla anche oggi.

- Come?

- Basterebbe mandarla alla stazione. Vuoi che la mandiamo?..

- Non mette conto.

- Perché vuoi fare dei complimenti con me?

- Non faccio complimenti. È una lettera di quelle che non aspettano risposta. La posso impostare domani, o quando me ne ricorderò - disse Mario, facendo lo svogliato.

- Dammi qua la lettera - insisté Federigo. - Così non foss'altro, ti levo un pensiero.

- Lascia correre: non c'è premura.

- Dammi qua la lettera. Ehi! Francesco! - E il servitore comparve sulla porta.

- Porta subito quella lettera all'ufficio postale della stazione.

- E il francobollo? - disse Francesco.

- Non vedi che è indirizzata al ministro? Prendi una vettura e spicciati.

- E se non facessi in tempo?

- Dammi qua, imbecille - disse Federigo, strappandogli la lettera di mano - a lasciarti fare, saresti capace anche di perderla.

E il marito di Clarenza prese in fretta e furia il suo cappello e il suo paletot.

- Dove vai? - domandò Mario.

- Lascia fare a me. A quest'ora, ero bell'e tornato. Se per caso arrivasse in questo frattempo la marchesa Sorbelli, che mi aspetti, fra due minuti son qui.

- Dov'è andato Federigo? - chiese Clarenza a Mario.

- Alla stazione. Ha voluto portar da sé la mia lettera per il ministro.

- Vi ringrazio Mario delle vostre premure... non tanto per me... quanto per mio marito. Quell'uomo oramai se n'è fatta una fissazione.

- Buon uomo, quel Federigo - disse Mario, incominciando un colloquio confidenziale e a mezza voce con Clarenza, mentre la Norina e Valerio ragionavano fra loro nell'angolo opposto della stanza - gran buon uomo quel Federigo!

- Una perla d'uomo! Per la nostra famiglia è stato qualche cosa di più d'un padre. Insomma, è lui che pensa a tutto, è lui che ha fatto una dote alla Norina, è lui che mantiene Carlo agli studi.

- Eccellente cuore!... Peccato che abbia la figura un po' volgare... un po' ordinarietta... Quanto stacco, Clarenza mia, fra voi e lui. Voi la foglia fine e delicata della camelia, lui, il gambo inelegante di qualche pianta grassa.

- Oramai è così - disse Clarenza, sospirando.

- Pare impossibile - continuò il conte - che una mano delicata ed aristocratica, come la vostra, abbia voluto fare una scelta così... curiosa.

- Vi avverto, Mario, che non ho nulla da pentirmi! - replicò l'altra, assumendo una certa aria di dignità.

- Ecco una nobile protesta! una protesta, che fa moltissimo onore al vostro carattere e al vostro bel cuore. Ma ditemi un po', Clarenza, parliamoci qua a quattr'occhi e in tutta confidenza: se certe cose si potessero rifare due volte?..

- Se... se... se... Dando retta ai se, ci sarebbe da perdere la bussola e da dire un sacco di scioccherie.

- Creatura divina! E pensare che la Provvidenza mi aveva messo dinanzi agli occhi l'unica fanciulla, che avrebbe potuto essere l'amore e la felicità di tutta la mia vita... e io, imbecille!... sono passati due anni, e ancora non so darmene pace. Vi rammentate Clarenza, di quei tempi famosi?...

- Me ne rammento pur troppo.

- E di quella famosa festa da ballo?..

- Anche di quella.

- Cattiva! eppoi avete il cuore di venirmi a dire che «acqua passata non macina più».

- Non son io che lo dico, è il proverbio.

- Quante volte ho pensato a voi!... quante volte vi ho veduta ne' miei sogni!...

- E l'Emilia? - domandò Clarenza, per dare un altro giro alla conversazione.

- Per carità, non me ne parlate - disse Mario.

- Sento dire che si sta già trattando per una riconciliazione.

- Mai, e poi mai! Fra me e quella donna c'è una barriera insormontabile.

- Lo credete davvero?

- Ne sono sicuro.

- Povera donna! Più imprudente, che colpevole. Credetelo, Mario, se fossi stata io nei piedi dell'Emilia, il vostro signor Giorgio non avrebbe dicerto trovato un quartiere disponibile in casa mia. Con me, no, mille volte no! A proposito di quartiere - continuò Clarenza, alzandosi in piedi - che cosa vi pare del quartierino che vi ho destinato?

- Un'oasi, un nido incantato.

- La vostra finestra, sul giardino, è appena due finestre distante dalla mia; tantoché alzandomi, la mattina, potrò darvi il buongiorno.

- Così potessi io sperare, la sera... mentre tutti dormono tranquillamente, augurarvi la buona notte - disse Mario, abbassando la voce, e stringendo la mano di Clarenza, con intenzione, come dicono i comici nel loro dialetto di palcoscenico.

- Ecco fatto, - disse Federigo, rientrando nella sala, tutto scalmanato - due minuti di più, e la lettera ci restava in tasca.

- Poco male - soggiunse Mario, continuando a fare l'indifferente.

- Pochissimo! - replicò il marito di Clarenza. - E la marchesa si è veduta?

- Ancora no.

- Sarebbe bella che mi mancasse. Dico la verità, questa poi me la legherei a dito.

- La signora marchesa Ortensia, - disse la Bettina, affacciandosi sulla porta.

- Ah! giusto, volevo dire - replicò Federigo, soddisfatto. - E dove l'hai fatta passare?

- Nel salotto verde.

- È sola?

- No, è col signor Leonetto.

- Mi pareva impossibile - osservò maliziosamente la Norina. - Vi pare che la marchesa possa uscir di casa una sola volta senza portarsi dietro il paggio?

- Con permesso - disse Federigo, aggiustandosi i capelli e il vestito, e uscendo fuori dalla sala.

- Bell'originale quel Leonetto - soggiunse il conte - sempre il medesimo sfatato.

- Dove l'avete veduto? - domandò Clarenza.

- L'ho incontrato ieri sera al Club.

- Sapete che è diventato direttore della «Gazzetta della Provincia»?

- Me l'ha detto lui. Leonetto non è un'arca di scienza: ma mantiene sempre giovane lo spirito.

- A me, mi è parso sempre una bella caricatura - soggiunse Valerio, - ha la smania di fare il cattivo, lo spirito forte, il nemico giurato del matrimonio.

- Nemico del matrimonio - domandò la Norina, ridendo, - io, invece, credo che se Iddio non gli tiene le sue sante mani in capo, corre in questo momento un gran pericolo di diventar marito.

- Davvero? - esclamarono tutti a una voce.

- Ci sono dei sintomi seri, molto seri! - continuò a dire la sorella di Clarenza. - Io so per esempio, che tutte le ore che gli restano libere, le passa in casa di quelle due signore (per un momento, le chiamerò così) che sono venute a stabilirsi qui da un mese, circa, e che furono raccomandate a lui.

- Non le conosco punto - disse Clarenza. - Sono belle?

- La figlia non c'è male: di sera, specialmente, non fa cattiva figura. Bionda, occhi celesti, un bel carnato: una ragazza, insomma, che può piacere. Se Leonetto capita un momento di qua, vi prometto di farlo cantare.

- È permesso! - disse Leonetto, con giuoco comico e confidenziale, entrando in sala.

- Venite avanti, scapato - rispose la Norina - ne abbiamo sapute delle belle sul conto vostro. Come vanno gli amori?

- Quali amori?

- Animo, non fate il forestiero, non mi venite a fare il turco in Italia...

- In verità, non capisco...

- Come vanno gli amori con quella biondissima persona?...

- Gli amori? Ah! capisco bene, signora Norina, che voi mi calunniate.

- Tutt'altro.

- E potreste supporre che un uomo, come me, possa pigliare una passione per quella povera figliuola?..

- Io la conosco soltanto di vista, ma mi pare una bella ragazza.

- Un occhio di sole - replicò scherzando Leonetto.

- Figuratevi che fra le tante bellezze, ha anche quella di scambiare un occhio.

- Non è vero! Gli occhi mi son parsi bellissimi.

- Mi spiego! l'occhio sinistro della signora Armanda...

- Ah! si chiama Armanda?..

- Provvisoriamente!...

- Che lingua d'inferno!...

- Dicevo dunque che l'occhio della signora Armanda è intermittente: scambia soltanto quando il tempo sta per mutarsi.

- Proprio? - chiesero tutti dando in una gran risata.

- Figuratevi che io senza guardare il termometro, conosco subito da quell'occhio, se il giorno dopo, uscendo di casa, avrò bisogno di prendere l'ombrello.

Un'altra risata generale.

- Tant'è vero, che io la chiamo l'occhio-Réaumur!

Terza risata prolungatissima.

- Siete un gran canzonatore - disse la Norina. - Ma badate, amico, che ne ho veduti cascare de' più forti di voi.

- Può darsi benissimo - replicò il giornalista, dondolandosi sulla persona - ma in quanto a me credetelo pure che non ci sono pericoli: il diavolo tentatore con me perde il ranno e il sapone. Vi dirò poi un'altra cosa: la signora Armanda, fisicamente parlando, non risponde punto al mio sogno, al mio tipo della donna ideale. Io amo la donna svelta come il palmizio: l'occhio nero; la fisonomia pallida e sofferente, i capelli neri; e soprattutto, moltissimi capelli.

- Non ha molti capelli, la signora Armanda?

- Povera figliuola! Ne ha trentatré e mezzo: a quaranta non ci arriva!

Altra risata, in coro.

- Peraltro - soggiunse la Norina - bisogna convenire che ha un bel carnato.

- Questo è vero! Si dipinge con gusto.

- Lo sapete di certo che si dipinge?

- Mi par di sì.

- Eppure - insisté la graziosa vedovella - duro fatica a crederlo. In ogni modo, bisogna convenire che è dipinta molto bene.

- Come un quadro del Tiziano - replicò Leonetto, con comica serietà. - Del rimanente poi, è una bravissima e buonissima fgliuola.

- Bravissimo. Ora che l'avete demolita pezzo per pezzo, cominciate a dirne bene.

- La verità, sempre la verità!

- Mi fate una rabbia!...

- Ma il panegirico non è ancora finito. Armanda è istruita, di belle maniere, di un'educazione connpitissima. Parla l'inglese e il francese perfettamente. Quando sta al pianoforte, ha la grazia di Chopin, la mano di Fumagalli, il sentimento di Dohler. Canta le cose di Schubert e di Gordigiani con un garbo inarrivabile. Sa tutto Byron a memoria. Disegna, ricama, monta a cavallo... insomma vi dico che nel complesso è una di quelle care donnine che io darei volentieri per moglie a mio fratello minore - se avessi un fratello.

- E la vedete spesso?

- Quasi tutti i giorni. La sua casa è per me un piede-a-terra, un simpatico rifugio dalle noie della politica...

- E dalla seccatura della marchesa Sorbelli.

- Per carità, dite piano, che non vi senta. Ha l'orecchio disgraziatamente così squisito!

- Avete paura, eh? - disse la Norina, ridendo. - Per altro, vi compatisco: la marchesa non è una donna... è un uomo!

- Non è nemmeno un uomo... - replicò Leonetto sottovoce - è un dragone. Quando la natura le dette i baffi, sapeva quello che faceva.

- Se vi sentisse, sarebbe capace di mangiarvi!...

- Povero amico - interruppe Mario in tuono scherzoso - non ci mancherebb'altro che tu ti dovessi trovare nel brutto caso d'essere inghiottito vivo!

- Non ti nascondo - rispose l'altro - che mi dispiacerebbe moltissimo a far da Giona in corpo a quella balena.

- A proposito - disse Clarenza - prima che mi passi di mente vi avverto, signor Leonetto, che oggi siete a pranzo da noi. Accettate?

- Con tutto il piacere.

- È un regalo che faccio al signor conte Mario.

- Sempre il tipo della cortesia, quella amabilissima Clarenza - replicò il conte, inchinandosi con galanteria.

- Domani sera, poi, faremo un po' di musica. Badate, Leonetto, di non mancare, sapete bene che siete necessario, indispensabile. Vi presento il primo tenore assoluto della nostra piccola Filarmonica di famiglia - disse la moglie di Federigo, volgendosi a Mario, e indicando il giornalista.

In questo punto, si udì la voce grave e sonora.

- Eccola - disse Leonetto, ricomponendosi, come fa l'alunno quando sente l'avvicinarsi del pedagogo. - Mi raccomando! fatemi il piacere di non scherzare...

- Vi pare. State tranquillo.

- La signora marchesa Ortensia - disse Federigo, presentando in sala una matrona sui quarant'anni, vegeta, forte, colorita, come un ufficiale di cavalleria di ritorno da una manovra a cavallo in piazza d'arme.

- Accomodatevi, marchesa - disse Clarenza, accennandole una poltrona in vicinanza del caminetto.

- Mi dispiace, ma non posso trattenermi - rispose la Sorbelli. - Vi saluto e scappo subito. Ho da fare mille bricciche: e prima di tornare a casa, voglio anche passare dalla mia amica la marchesa di Santa Teodora. Mi struggo di sapere con precisione le vere cause di questo piccolo scandalo.

- Di quale scandalo? - domandò la Norina.

- Come! non sapete nulla?

- Nulla.

- Allora, ve lo dirò io. È andato all'aria il matrimonio, già combinato, fra Rodolfo e la figlia del console americano.

- Proprio? - chiese la Norina, con interesse sempre crescente.

- Ve la do per sicura.

- E la ragione?..

- Non la conosco bene, ma suppergiù, me la figuro. Quel ragazzo di Rodolfo deve avere qualche amoretto clandestino... qualche'impegno... qualche passioncella misteriosa...

- Dico la verità, me l'aspettavo..

- Che cosa?

- Che questo matrimonio non dovesse andare a finir bene. Abbiamo alle volte certi presentimenti curiosi!... - osservò la Norina, dissimulando a stento una vivissima compiacenza.

- Del resto marchesa - disse Federigo, facendosi in mezzo - in compenso di un matrimonio andato a monte, sono lieto di notificarvene uno, combinato appena un'ora fa! - e il marito di Clarenza accennò la Norina e Valerio.

- Scusa, veh, Federigo - soggiunse subito la giovane cognata, quasi fosse rimasta offesa - mi pare che tu abbia corso un po' troppo. Vorrei sapere come si fa a chiamarlo un matrimonio di già combinato?

- E non lo è forse? - chiese Valerio, a cui tremava quasi la voce.

- Domando scusa - replicò Norina tranquillamente: - è un matrimonio, che probabilmente si combinerà, ma che per ora non è combinato. Vi prego, marchesa, a notare questa piccola differenza. Ne convenite, Valerio?

- Convengo di tutto! - rispose l'altro; poi borbottò fra i denti: - Convengo anche che sono il primo imbecille dell'universo.

- E voi, signor Leonetto? - domandò Clarenza, tanto per divagare la conversazione. - Quando ci farete mangiare i confetti di nozze?

- Io marito? - replicò il giornalista, arricciandosi i baffi e dando in una gran risata. - Io marito? Credo che la cosa sarà un po' difficile. Per vostra regola, in questo mondo vi sono due istituzioni, che mi hanno fatto sempre paura: il matrimonio e il sistema cellulare! Tutte le volte che io penso ai poveri mariti mi vien fatto naturalmente di spargere una furtiva lacrima sulla loro sorte infelicissima. E dire che in America si è fatta una guerra ciclopica per l'abolizione della schiavitù dei neri, condannati alla coltivazione delle canne da zucchero e del cotone, mentre poi sul vecchio continente abbiamo anche oggi tanti milioni di schiavi bianchi, destinati a coltivare la moglie, una coltivazione, credetelo a me, non meno faticosa di quella delle canne da zucchero e del cotone.

Tutti risero per complimento.

- Le vostre solite esagerazioni - disse la Norina.

- Non sono esagerazioni; è una professione di fede schietta e leale. Io ho amato sempre la mia libertà, la mia indipendenza completa.

- Questo è verissimo - affermò la marchesa Ortensia.

- È una gran bella cosa - continuò Leonetto, infiammandosi sempre più - quella di sentirsi liberi, come la rondine nell'aria: padroni di sé, della propria volontà, senza dipendere da nessuno, senza nessuno che ci possa comandare!...

- Dunque, Leonetto, venite o restate? - domandò la marchesa, interrompendolo. - Io me ne vado.

- Se non avete bisogno di me, mi tratterrei per un cert'affare!... - rispose il giornalista con un po' d'esitazione.

- Fate pure! - replicò la Sorbelli, alzandosi e dandogli un'occhiataccia...

Leonetto, che capì l'antifona soggiunse subito:

- Cioè, marchesa, se mi permettete, vi accompagnerò fino dalla vostra cugina.

- Per me, ve lo ripeto, fate pure il vostro comodo - replicò l'altra con un tuono di voce ugualissimo e tranquillo. - Io sono affatto indifferente.

- Allora, Leonetto - disse Clarenza, - rammentatevi che alle cinque precise andiamo a tavola.

- Sarò puntuale, come il fato.

- Siete a pranzo qui, Leonetto? - domandò la marchesa, con flemma studiata, e guardando negli occhi il giornalista.

- Ho avuto il gentile invito pochi momenti fa... - rispose l'altro, dandosi l'aria della persona franca e disinvolta.

- Ma oggi non potete! - insisté la Sorbelli colla stessa flemma e col solito tuono di voce.

- Non posso?.. - e Leonetto, imbarazzato, soffiava sulla felpa del cappello, per dissimulare la propria confusione.

- Di certo, che non potete!... seppure non siete disposto a pranzare in due case, nello stesso giorno. Pensateci un po' meglio e forse vi ricorderete che mio marito, fino da due giorni fa, vi ha invitato per oggi a casa sua...

Leonetto stava per rispondere che non ne sapeva nulla: ma un'occhiata della marchesa bastò per richiamarlo al proprio dovere. Difatti balbettò, imbrogliandosi...

- Sì, è vero!... cioè, sarà benissimo: ma si vede che me l'ero dimenticato... Che volete che ci faccia? Sono così astratto, che i pranzi mi passano dalla mente, da un momento all'altro.

- Pazienza! - soggiunse la moglie di Federigo, che aveva capito ogni cosa. - Io non voglio privare la marchesa di un commensale così gradito. Sarà per un'altra volta. Fatemi peraltro il favore di non dimenticarvi la chiassata di domani sera. Vi aspettiamo immancabilmente, per cantare insieme il nostro famoso duetto dell'Italiana in Algeri.

- Non dubitate, eccovi la mano.

- Scusate se metto bocca nei vostri discorsi - osservò la marchesa, stentando la parola, e volgendosi al giornalista, - ma mi pare che domani sera non sarete libero che tardissimo. Rammentatevi che avete preso l'impegno di accompagnarmi al ballo degli Asili infantili.

- Io?..

- Voi, voi! - ripeté l'altra, dandogli una occhiata d'intelligenza, che tradotta in lingua parlata, avrebbe dovuto dire: imbecille, rispondete a tono.

- Non mi pareva...

- Povero Leonetto! Si vede proprio che la politica vi ha fatto perdere affatto la bussola. Quasi quasi comincio a pentirmi di avervi procurata la direzione della «Gazzetta della Provincia».

- Sarà... come voi dite... - rispose Leonetto, stringendosi nelle spalle -...ma vi giuro sull'onor mio che non ne sapevo nulla... cioè, che me l'ero affatto dimenticato!...

- Dunque? - domandò Clarenza, annoiata di tutta quella commedia.

- Sono dispiacentissimo - rispose il giornalista, che per la vergogna era diventato quasi rosso, - ma domani sera non posso... La marchesa mi assicura che le ho promesso di accompagnarla... al ballo degli Asili infantili...e la colpa è tutta mia, se me lo sono dimenticato...

- Signore e signori! - disse la Sorbelli, congedandosi, quindi uscì dalla sala, accompagnata da Federigo e da Leonetto.

Mentre il giornalista stese la mano alla Norina, in atto di dire addio, questa gli bisbigliò, sorridente - È una gran fortuna, amico mio, quella di essere liberi e indipendenti, come siete voi! almeno, non siamo mai padroni di far nulla a modo nostro.

PARTE SECONDA

È passato un mese, dal giorno in cui Mario venne accolto in casa di Federigo.

- Stasera si è fatto notte più presto del solito. Che ore sono? - domandò Clarenza alla Bettina che aveva acceso un gran lume a moderatore, in mezzo alla tavola.

- Le cinque suonate ora - rispose la vecchia.

- La Norina dov'è?

- Credo, in camera sua.

- Ne sei sicura?

- Mi par di sì.

- Senti, Bettina, fammi un piacere - soggiunse la giovine padrona, abbassando la voce e con tuono carezzevole. - Vai di là, e con qualche scusa accertati se la Norina è proprio in camera.

Appena Clarenza fu sola, cominciò fra sé e sé questo monologo:

- Quand'è uscito di casa, or ora, mi ha fatto il solito segno... dunque dietro la cornice ci dev'essere una lettera - (e dicendo così, voltò gli occhi verso un quadretto, chiuso in una cornice e attaccato nella parete di mezzo) -...Già, di queste lettere non ne voglio più... è tanto tempo che lo dico... Questa è l'ultima di certo. Tutte le volte che devo montare sul canapè per frugare dietro a quella maladettissima cornice, m'entra la febbre addosso... Se non foss'altro, la paura! Con un frugolo per casa come la Norina, c'è da essere scoperti, senza neanche avvedersene! Almeno si levasse presto di fra i piedi, quella benedetta figliuola!...

- È in camera - disse la Bettina, sottovoce, rientrando nella stanza in punta di piedi.

- Mi basta così... voglio farle una celia. Puoi andartene.

E la Bettina uscì.

- Eppure, neppur'ora mi par d'essere sicura per bene - diceva Clarenza, guardando di qua e di là con sospetto, - un poco, sarà paura della Norina: ma un poco bisogna dire che è anche la coscienza... il rimorso di sapere che faccio una cosa... che non è bella. Dico la verità, io mi credeva più forte... Se credessi alle streghe, dubiterei che mi avessero stregata! Meno male che si tratta di ragazzate, di cose senza conseguenza... Eppoi non lo faccio per me... lo faccio per un altro, per dare a suo tempo una bella lezione a quel donnaiolo di Mario.

Intanto Clarenza, dopo aver dato un'ultima occhiata a tutti gli usci, che mettevano in sala, aveva abbassato il lume fino al punto di lasciare un fiochissimo barlume, ed era salita sul canapè.

Colla rapidità del baleno, ficcò una mano dietro al quadro, e prese un foglio che vi era nascosto: ma, quando fu per discendere, si spalancò improvvisamente la porta di faccia.

- Scommetto che sei stata tu, che mi hai mandata la Bettina in camera?.. - gridò la Norina, con una voce squillante, che pareva un campanello.

- To'?.. - rispose la sorella, rimasta zitta sul canapè e colle spalle voltate al muro.

- Prima di tutto, che cosa fai costassù per aria? -

- Nulla... - soggiunse l'altra, che non trovava le parole per rispondere. - voleva vedere da vicino questa Niobe.

- Brava! E per vederla meglio hai abbassato il lume.

- Che cosa dicevi della Bettina?…

- Dicevo che scommetterei che sei stata tu che me l'hai mandata in camera.

- Ebbene, sono stata io…, io in persona: e per questo?.. - disse Clarenza, scendendo dal canapè e andando a rialzare il lume.

- Allora vorrei sapere perché quell'imbecille si mette a far la diplomatica, la furba, la misteriosa...

- Non capisco.

- Figurati, che è venuta a picchiarmi nell'uscio. Che cosa vuoi?, le domando. Niente, mi risponde, voleva sapere se stava bene. Allora ho mangiato la foglia, e ho detto subito: qui c'è sotto qualche cosa...

- E, com'è naturale, sei corsa subito in punta di piedi... per vedere... per bracare... Chi lo sa che cosa ti sarai immaginato!

- Che cosa vuoi tu che m'immaginassi? Nonostante - seguitò la Norina, con un risolino impertinentissimo - mi ha fatto davvero una gran consolazione di vedere che tu ami la pittura, e che per goderla meglio, sei anche capace di montare sulle sedie e sui canapè, come fanno i ragazzi.

- Ah! se io fossi una gran signora - replicò Clarenza, facendo finta di non capire l'ironia maliziosetta di quelle parole. - Ah! se io fossi una gran signora, tappezzerei tutte le mie stanze di quadri.

- Io no: le tappezzerei di stoffa e di raso. È più pulito, e costa meno. I quadri mi piacevano da ragazza. Ti rammenti di quel Mosè sul Sinai, che nostro padre teneva nello studio? Anch'io, tutte le mattine, prima che lo studio si aprisse, avevo preso il vizio di montare sopra una seggiola per vedere il Mosè più da vicino. Ma sai perchè? perché dietro la cornice del quadro ci trovavo per il solito qualche lettera dimenticata.

- Adagio un poco cogli scherzi, Norina - disse Clarenza, facendosi seria, - ti prego a credere che dietro la Niobe non c'era nessuna lettera.

- Lo credo bene, e quand'anche ci fosse stata, tu avresti avuto abbastanza giudizio per non lasciarla lì col pericolo che andasse nelle mani degli altri!

Le due sorelle si guardarono in faccia: e dopo essersi squadrate ben bene da capo ai piedi, finirono tutte e due col dare in una grandissima risata.

- A proposito dei propositi. E Valerio ha risposto? - domandò Clarenza, per mutar discorso.

- Volevo vedere anche questa che non rispondesse.

Alle otto precise sarà qui, per accompagnarci al teatro.

- Povero Valerio: è il più buon diavolo di questo mondo.

- Fa il suo dovere, e nulla più.

- E tu non hai ancora deciso nulla?..

- Per ora no. Non ho nessuna fretta di rimaritarmi.

- Dimmi: spereresti per caso che il matrimonio di quella persona - (e Clarenza accompagnò la parola con un curioso balenìo degli occhi) - andasse a monte una seconda volta?...

- Io non ho bisogno di confessarmi. Dico soltanto che i casi sono più delle leggi... e che finché c'è fiato c'è speranza. Lo vedesti l'altra sera? Era in un palco quasi di faccia al nostro, con tutti i suoi futuri parenti... Non mi levò mai i cannocchiali d'addosso. E anche stasera la famiglia del console c'è di certo in teatro: il martedì e il giovedì non manca mai.

- E tu lo inviti per farti accompagnare?.. Ah? permettimi che te lo dica; è una cosa che non sta bene e ti fa grandissimo torto. Perché lusingarlo? Perché metterlo in mezzo? perché fargli fare, a sua insaputa una meschina figura? O non sarebbe meglio parlargli francamente e rendergli la sua libertà?..

- Sei curiosa! Sono forse io che lo tengo?

- Parliamoci francamente; tu non gli vuoi bene.

- Non è vero neanche codesto. Per voler bene, gli voglio bene...

- Sì, sì; ma non è di quel bene, come mi intendo

- Hai ragione: è un altro bene... per esempio, sul genere di quello che tu vuoi a Federigo.

- Norina! - disse Clarenza, facendo il cipiglio - Intendiamoci una volta per tutte; su questo non accetto scherzi.

- Calmati, Clarenza, calmati.

- C'è poco da calmarsi. Un altro discorso simile, e ci guastiamo per sempre; o fuori di casa tu, o fuori io.

- Vieni qua da me e sii buonina - replicò l'altra, passando affettuosamente il braccio intorno alla sorella. - Perché ci dobbiamo guastare? Perché s'ha da far la commedia, quando siamo a quattr'occhi? Pensaci un poco sopra e rispondimi; credi tu che per due donne come noi, colle idee e col carattere che abbiamo e con l'educazione che ci hanno dato in casa, credi tu davvero che Federigo e Valerio fossero gli uomini più adatti per essere i nostri mariti?

- Non ti occupare di me; parla piuttosto per conto tuo.

- Ebbene, parlerò per conto mio e ti confesserò francamente che può darsi benissimo che io finisca collo sposare Valerio: ma, Valerio non è il mio ideale.

- Dicevi lo stesso del tuo povero Ernesto. Me lo ricordo come se fosse ora.

- Ernesto era un angiolo: ma bisogna convenire che aveva un gran difetto: un difetto insoffribile. Impiegato fin da ragazzo ai telegrafi, gli si era attaccato il vizio del proprio impiego. Parlava pochissimo, e quando diceva qualche cosa pareva di sentire un dispaccio telegrafico. Mi rammento sempre di quella famosa sera di quando mi fece la sua prima dichiarazione. «Signora Norina» mi disse «io vi amo; sono onesto: telegrafista; risoluto accasarmi. Desidero conoscere vostre intenzioni». Che burla! mi aspettavo sempre che dicesse «risposta pagata!».

- Povero Ernesto! Come morì giovane!...

- Pur troppo! ma era tanto infelice! Del resto, sì: se io fossi padrona di scegliere, non mi vergogno a dirlo, sceglierei sempre per marito un uomo del genere del marchese di Santa Teodora. Un po' scapato, un po' leggero, un po' rompicollo!... ma tanto simpatico. Non ti pare che abbia molta somiglianza coll'Artagnan dei Tre Moschettieri?

- Gua'; tutti i gusti son gusti!... - disse Clarenza, stringendosi nelle spalle.

- E questo - soggiunse l'altra - sia detto per conto mio; ora poi per conto tuo ti dirò...

- Non voglio saper nulla!...

- Federigo, non c'è che dire, è la più brava persona...

- Basta.

- Ma per te, per il tuo carattere ci sarebbe voluto...

- Basta, ti dico.

- Ci sarebbe voluto un uomo del genere...

- Basta! basta! basta. Mi sono spiegata, sì o no?

- Eh! quanto chiasso. Non aver paura, non ti dico altro! - e andandosene, borbottò fra i denti «Son venuta qui con un mezzo dubbio, e me ne vado con una mezza certezza. Meno male che ho pensato a rimediarci per tempo!...».

- Che la Norina si sia accorta di qualche cosa? - domandò a se stessa la Clarenza, quando rimase sola. - Non ci mancherebbe altro... Ho addosso una smania... una inquietudine, che mi fa battere il cuore e le tempie! Ma perché non piglio una buona risoluzione per tempo? Tant'è: oramai ne son convinta... lui è più forte di me… quel diavolo tentatore esercita sul mio spirito una malìa irresistibile. Non sono più padrona di dirgli una parola o di guardarlo in faccia, senza sentirmi il viso che mi prende fuoco. Quando è in casa, non vedo il momento che vada fuori... Quando è fuori sono agitata, pensierosa, di malumore... fino a tanto che non è tornato a casa…Infame d'un uomo!... eppoi ha il coraggio di lagnarsi di Giorgio, perché tradì l'ospitalità dell'amico! E lui non farebbe anche peggio?.. Ma... ma c'è un caso, signorino bello; io non sono l'Emilia! oh! si persuada pure che io non sono l'Emilia. Animo, animo. Qui ci vuole una gran risoluzione: una risoluzione eroica, e senza mettere tempo in mezzo. Intanto cominceremo dal bruciare questa lettera, senza leggerla. Ho fatto male a leggere le altre... ma questa deve andare sul fuoco.

E a Clarenza si voltò risolutamente verso il caminetto, e fece l'atto di gettar la lettera: ma poi si trattenne, pensando:

- E se sentissero l'odore del foglio bruciato? La Norina è così sospettosa! Dio, che cosa penserebbe. È meglio strapparla, sì: è meglio strapparla... Ecco fatto: così non ci si pensa più!

E la lettera, divisa in due pezzi, rimase fra le dita della Clarenza.

- Mi dispiace di non aver guardato la data. Voleva almeno sapere se la lettera

era scritta d'oggi o d'ieri. Guardiamo se fosse possibile di raccapezzare il giorno.

E così dicendo, riunì alla meglio insieme i due pezzi lacerati della lettera.

Mentre Clarenza cercava cogli occhi la data, le venne fatto di posar gli occhi su queste parole:

- «Adorata Clarenza!».

- «Adorata»!... sfacciato che non è altro. È la prima volta che si prende con me una simile confidenza. E quaggiù che cosa dice?

- «Sono stanco di vedermi trattato con tanta crudeltà».

- Se è stanco, tanto meglio: sono stanca anch'io, e così ci troviamo perfettamente d'accordo. Ma la data? È un'ora che cerco la data e non mi riesce di trovarla. Vediamo un poco -. E Clarenza seguitò a scorrere coll'occhio la lettera, e, con visibile agitazione, lesse fra i denti:

- «Sono stanco di vedermi trattato con tanta crudeltà. Vi ho supplicato mille volte per ottenere da voi dieci minuti... dieci minuti soli di libertà, per un colloquio intimo...».

- Cucù! - fece Clarenza, interrompendosi - io non sono mica l'Emilia! Caro signor conte, per questa volta avete sbagliato - poi continuò a leggere.

- «Clarenza! se è vero che non sapete il modo di procurarvi questi dieci minuti di libertà, permettetemi che ve lo suggerisca io. Stasera avete fissato di andare al teatro. Non potreste lasciarvi andare vostra sorella e trovare una scusa per rimanere in casa? dubitereste forse di me? Io credo di meritarmi la vostra fiducia, ed è appunto un atto di fiducia quello che vi domando. Se voi me lo negate, io non son degno di rimanere un'ora di più in questa casa, e faccio giuro a Dio (che vede il candore della mia intenzione) di andarmene questa sera medesima».

- Dio volesse - disse Clarenza, gettando i pezzi della lettera nel fuoco. - Almeno così sarò fuori d'ogni pericolo! Così potrò riacquistare la pace e la tranquillità, che ho perduta. Ma se ne anderà davvero? Dovrò starmene alla sua promessa, al suo giuramento? No, no: a scanso di pentimenti, è meglio che ci provveda da me e subito.

E suonò il campanello.

- Dov'è il padrone?

- È nel suo studio col marchese Sorbelli - rispose la Bettina.

- Che cosa fanno?

- Urlano e strillano come due calandre.

- Ebbene: quando avranno finito d'urlare, dirai a Federigo che passi da me: ho bisogno assolutamente di vederlo: hai capito?..

- Buona notte, Clarenza - disse Federigo, entrando in sala col cappello in capo e il paletot infilato addosso, in atto di uscir di casa.

- Giusto te! Dove scappi con tanta fretta?

- C'è giù, in carrozza, il marchese Sorbelli, che mi aspetta. Ho promesso di presentarlo stasera al nostro piccolo Comitato elettorale. E tu e la Norina che cosa fate? Andate dunque al teatro?

- Credo di sì: Valerio almeno ha promesso di venirci a prendere.

- Oh! se ha promesso non vi manca di certo.

- Volevo dirti una cosa.

- Dopo il teatro, se non ti dispiace. Oramai c'è il marchese che mi aspetta, e non voglio fare aspettare. È una cosa d'urgenza.

- Ti sbrigo in due parole. È indispensabile, assolutamente indispensabile che Mario domani se ne vada di casa nostra.

- Clarenza! ci sarebbe forse qualche cosa? - domandò Federigo, turbandosi e guardando in viso sua moglie.

- Il signor marchese lo attende - disse la Bettina, affacciandosi sull'uscio di sala.

- Vengo subito. Clarenza raccontami tutto francamente.

- E perché ti allarmi così.

- Ma dunque che cosa è stato?

- Nulla, nulla, il gran nulla.

- Voglio saper tutto.

- E io ti dirò tutto. In questa casa ci sono due donne...che non sono né vecchie né brutte... Il paese è pettegolo: e io non voglio ciarle intorno casa.

- Dimmi... forse la Norina?..

- Io ti ripeto che non voglio ciarle: e Mario, al più tardi domattina deve uscire di casa nostra.

- Bisognerà dirglielo con buona maniera.

- Con buonissima.

- O non potresti dirglielo tu? - domandò Federigo a sua moglie.

- Io no!

- Ma chi è che ha messo Mario in casa nostra?

- Io.

- E tu, allora, licenzialo.

- Nossignore: è una parte che tocca a te.

- Ma perché tocca a me?

- Oh! bella!... parla... perché tu sei il marito.

- Clarenza!

- Oh! insomma, quando ti dico che non c'è e nulla, mi par quasi un'indiscretezza quella d'insistere!...

- Pazienza! la parte da doversi fare è un po' dura, e l'avrei ceduta volentieri a te: ma se la ho da far'io, la farò io. È urgente di molto?

- Se si potesse, meglio stasera: se no, domattina di certo.

- Il signor marchese!... - disse la Bettina affacciandosi di nuovo sulla porta.

- Ha ragione: eccomi subito; dimmi Bettina: il signor Mario è in casa? - domandò Federigo, con quella fretta agitata d'un uomo, che vuol levarsi un pensiero, prima di uscir di casa.

- Il signor Mario è andato via alle due - rispose Bettina - e non è più tornato. Son venuti ad avvertirlo che era arrivato suo zio, e che era alloggiato alla Locanda Maggiore.

- Suo zio? - replicò Federigo; - dunque il ministro è in paese?

- Par di sì - rispose Clarenza.

- Sai tu se Mario ricevesse mai risposta a quella famosa lettera?

- Credo di no.

- L'ho caro! proprio caro! - gridò Federigo, ridendo coi denti. - Io gliclo dissi: bada Mario: non la mandare codesta lettera: ti farai canzonare. Nossignore: la volle mandare per forza. Ti rammenterai che si raccomandò a me, perché gliela facessi portare all'uffizio postale della stazione. D'altra parte, meglio così: se per disgrazia lo zio ministro, avesse contentato il nipote, oggi mi troverei in un curioso imbarazzo.

- In quale?

- Capirai bene, che bisognerebbe, che io rimandassi indietro la Croce!

- Uhm!... forse no!

- Forse, sì.

- Forse, no.

- Non c'è forse che tenga, cara mia: o siamo uomini, o siamo ragazzi...

- Basta, basta; il resto lo so a memoria - disse Clarenza, annoiata.

- È una questione di principii...

- Se ti dico che il resto lo so.

- Padroni, padronissimi, que' signori del Ministero di averla con me...

- Se seguiti un altro poco, me ne vado.

- Del resto, - disse Federigo, saltando di palo in frasca, - mi dispiace che questo licenziamento di Mario, sia di tanta urgenza: caso diverso...

- Caso diverso, cioè?

- Caso diverso era una questione che fra due o tre giorni, tutt'al più, si sarebbe sciolta da se stessa.

- Sarebbe a dire?

- Mario fra due o tre giorni se ne va di certo.

- E dove va?

- Probabilmente partirà per un lungo viaggio attraverso la Germania.

- Solo?

- No, con sua moglie.

- Come! coll'Emilia?.. animo via; ma questo è uno scherzo - disse Clarenza, ridendo.

- Non è uno scherzo: è storia.

- O non si era parlato di separazione?..

- Ma che separazione! se ti dico che tutto quel chiasso non fu altro che una ragazzata di Mario!

- Cosicché marito e moglie sono in via d'intendersi, di accomodarsi?

- Tutto merito mio! In questi venticinque o trenta giorni, ho avuto un carteggio attivissimo coll'Emilia e con sua madre.

- Bravo davvero? e non mi hai detto nulla? - disse Clarenza, nascondendo a mala pena la bizza, che aveva nel sangue.

- Avevo il sigillo di confessione, Mario mi aveva fatto giurare che le trattative della riconciliazione sarebbero rimaste un segreto fra noi due!

- Senti! senti! - replicò Clarenza, con un certo risolino di canzonatura, - dunque il signor Mario voleva che la cosa fosse un segreto per tutti?

Poi, mutando intonazione, continuò:

- Quanto a te, lascia che te lo dica: hai fatto malissimo a entrar di mezzo in questo pasticcio.

- Perché?

- Perché un uomo prudente non mette mai bocca nei pettegolezzi fra marito e moglie... se si erano guastati, tanto peggio per loro: dovevano pensare a sbrigarsela.

- Non ti credevo così cattiva.

- Io non son cattiva: credo piuttosto d'avere un po' di giudizio anche per chi non ne ha! Già, vedo bene che sarà una riconciliazione posticcia... Fra un mese, tutt'al più, saranno daccapo: e te la voglio dar lunga.

- Io poi, spero di no. Nell'esser di mezzo a questa faccenda, mi son dovuto persuadere che quei ragazzi, in fin dei conti, si vogliono moltissimo bene.

- Povero Federigo! come sei ingenuo alla tua età!...

- Padrona di darmi dell'ingenuo quanto ti pare. Io, però, ho veduto tutte le lettere che si sono scambiate fra marito e moglie, in questi ultimi giorni, e ti assicuro che mi paiono innamorati, peggio di prima!

- Davvero? E tu ci credi sul serio? Gua'; può darsi benissimo che l'Emilia sia innamorata ancora! Non dico di no; povera figliuola, ha un carattere così leggero!... ma in quanto a Mario, ne dubito assai... oh! ne dubito assai.

- Anche Mario è innamorato, credilo!

- Mario, no.

- No? e com'è che lo sai?

- Lo so... perché lo so...

- Cioè?

- Me l'ha detto lui.

- Lui? e perché te l'ha detto?

- Oh bella! perché gliel'ho domandato.

- A dirti la verità, mi pare una domanda un po' indiscreta.

- A me, invece, mi pare naturalissima.

- Ebbene, se vuoi saperla tutta, Mario ti ha detto una bugia.

- Ci riparleremo a suo tempo.

- Ne vuoi una riprova di più? Figurati che la Bettina mi ha raccontato che ieri mattina, essendo entrata improvvisamente in camera di Mario, lo ha trovato col ritratto di sua moglie in mano, che lo copriva di baci.

- Imbecille!... lezioso... - fece la Clarenza con un garbo ineffabile di nausea e di dispetto. - Certe svenevolezze in un uomo non le posso soffrire... E poi... resta da vedersi se quel ritratto era veramente quello di sua moglie.

- Per codesto, lo era di certo. Tant'è vero che la Bettina mi disse: «Com'è bella la moglie del signor Mario! Somiglia tutta alla signora Clarenza!...».

(- Era il mio ritratto! grande imprudente!... - pensò la moglie di Federigo dentro di sé, facendosi rossa in viso; quindi seguitò a dire). - E questa riconciliazione quando avrà luogo?

- Fra due o tre giorni. L'Emilia ha scritto che ci farà sapere, per mezzo del telegrafo, il giorno preciso e il treno col quale arriverà alla stazione.

- Voglio sperare che anderanno alla locanda...

- È probabile.

- Non c'è probabile, né improbabile. Intendiamoci bene che in casa non ce li voglio... Hai capito?.. E i patti di questa conciliazione?

- Semplicissimi. Non una parola, nemmeno una sola parola sull'accaduto. I due sposi, incontrandosi alla stazione, si abbraccieranno, si bacieranno...

- Cari!... cari!... veramente cari!... Vuoi che te lo dica? Certe giuccherie mi fanno quasi schifo!...

- Quando poi avranno finite tutte le formalità di rigore, si tratterranno una mezza giornata, tanto per avere il tempo di fare i bauli e prendere il volo verso le regioni del Nord. È stabilito e concordato reciprocamente che il pellegrinaggio, all'estero, non debba durare meno d'un anno.

- Un anno?..

- Un anno: così è fissato, per la gran ragione che il mondo, che è di lingua lunga e di memoria breve, abbia tutto il tempo necessario per poter dimenticare ogni cosa.

- E se Mario non volesse partire?.. - domandò Clarenza, che rideva come una matta; per non far vedere le lagrime, che aveva negli occhi.

- Codesta è un'idea - disse Federigo.

- Un'idea! Si fa presto a dire un'idea... Chi lo sa: alle volte gli uomini sono così capricciosi:...

- Scusa veh, Clarenza: ma se è lui, Mario stesso in persona, che ha messa questa condizione del viaggio d'un anno!

(- Infame:... - mormorò fra i denti Clarenza - e vorrebbe che stasera lo aspettassi in casa... Guai a lui, se mi capita dinanzi!).

- Il signor marchese Sorbelli... - disse la Bettina, quasi mortificata di dover ripetere la stessa cosa.

- Povero marchese! ha mille, duemila ragioni. Ora poi vengo subito... - e Federigo così dicendo, andò a riprendere con grandissima fretta il cappello e il paletot, che, durante la conversazione, aveva posati sulla tavola di mezzo.

- Senti vieni un momento qua! - soggiunse la moglie, trattenendolo per un braccio.

- Lasciami andare.

- Ho pensato a una cosa.

- A che cosa?

- Trattandosi di aver pazienza per tre o quattro giorni ancora, credo che sarebbe meglio di aspettare e non dirgli nulla.

- Ebbene, aspettiamo... Io faccio a modo tuo... Zitta! se non sbaglio, questo è Mario: è la sua voce di certo.

- Animo, Federigo - disse Clarenza, che voleva restar sola, - non far più aspettare quel povero marchese.

- Vado subito. Dico una parola a Mario, e scappo.

- Al solito. Permettimi che te lo dica: mi pare una bella mancanza d'educazione quella di costringere una persona rispettabile, come il marchese Sorbelli, a farti quasi il servitore.

- Non te ne dar pensiero - replicò Federigo sorridendo. - Il marchese per ora è candidato; tocca dunque a lui a fare il comodo mio; quando poi sarà deputato, non dubitare, che toccherà pur troppo a me a fargli l'anticamera.

- Sei un grand'ostinato. Ebbene, se non vuoi andartene tu, me ne anderò io - e la Clarenza uscì dalla sala, che aveva un diavolo per capello.

- Che c'è di nuovo? - domandò Federigo a Mario, con una curiosità infantile.

- C'è qualche cosa - rispose Mario, sorridendo - e avevo quasi paura di non trovarti in casa.

- Qualche cosa di premura? Ha scritto l'Emilia?

- No. Dall'Emilia oramai non aspettiamo altro che il telegramma dell'arrivo: c'è un'altra notizia... la sai?

- Quale?

- È arrivato mio zio.

- Ah! è arrivato?.. - soggiunse Federigo, con indifferenza.

- Non ne sapevi nulla?

- Nulla. D'altra parte, che interesse vuoi tu che abbia per me l'arrivo d'un ministro? fra me e gli uomini del Governo, c'è un oceano di mezzo.

- Per carità - disse Mario, scherzando - non parliamo d'oceani! Ho conosciuto certi oceani, in politica, che si sono rasciugati da un momento all'altro, e son diventati tanti rigagnoli da potersi passare a piedi asciutti. Come ti sarai figurato, mio zio non rispose mai a quella lettera...

- Era facile indovinarlo.

- Peraltro ha risposto col fatto.

- Col fatto? cioè? come sarebbe a dire?..

- Il signor marchese Sorbelli... - bisbigliò la Bettina, sottovoce, avvicinandosi al suo padrone.

- Gran seccatore! Due minuti e scendo subito.

- Dice così che non vuole più aspettare - soggiunse pianissimo la vecchia cameriera.

- Che se ne vada, allora! - replicò Federigo; quindi rivolgendosi a Mario:

- Dunque, mi dicevi?..

- Dicevo che il ministro mi ha consegnato un plico per te.

- Un plico per me?.. io non so di dover ricevere alcun plico dal Ministero.

- Caro mio; ambasciatore non porta pena - e così dicendo, Mario trasse di tasca un plico, e lo consegnò al marito di Clarenza, il quale, passandoci sopra gli occhi, vi lesse con voce quasi tremante: - «Al cavaliere Federigo Fabiani». Ah! finalmente!... - esclamò Federigo.

- Cioè?

- Voglio dire - rispose l'altro, frenando a stento la propria emozione. - Voglio dire che finalmente doveva capitarmi addosso anche questo malanno. Mario? abbi pazienza se te lo dico. ma mi hai fatto un brutto scherzo.

- Caro mio: io non ci ho colpa.

- Vedi un po' in quale imbarazzo mi hai messo. Tu sai benissimo che io sono un uomo logico, un uomo conseguente...

- Ebbene.

- Ebbene, io non accetterei una distinzione, che mi viene da un Ministero, che ho sempre combattuto.

- Se non la vuoi; e tu rimandala.

- Rimandarla! è presto detto. E tuo zio?.. è un affronto bello e buono, che farei a lui.

- Se fossi in te, non avrei tanti riguardi; rimanderei la croce, e felicissima notte.

Federigo rimase muto e soprappensiero, per due minuti: poi, voltandosi all'amico, gli domandò tranquillamente:

- Dimmi un poco: come si costuma in queste circostanze disgraziate? Usa scrivere una lettera di ringraziamento?..

- Per il solito, sì.

- Ma io, resta inteso che non rispondo nulla - disse Federigo, ingrossando la voce.

- Padronissimo - rispose Mario, che aveva capito il debole dell'amico. - Nessuno ti può costringere a fare una cosa contro coscienza.

- Tutt'al più potrei rispondere due versi... due soli versi di formalità... tanto per far sapere che ho ricevuto il plico.

- Basta, e ce n'è d'avanzo.

Federigo andò al tavolino di mezzo, e preso un foglio da lettere, e postoselo davanti, disse a Mario:

- Fammi il piacere: tu che hai pratica in certe cose... dettami queste poche parole. Intendiamoci bene: parole liberalissime e senza ombra di cortigianeria.

- Vai pur là, e scrivi - replicò Mario, avvicinandosi al caminetto; e a voce alta, cominciò a dettare: - «Signor ministro».

- «Signor...» dimmi un poco - domandò l'altro, alzando il capo e smettendo di scrivere - non sarebbe meglio di dargli un po' d'Eccellenza.

- Fai tu: ma la frase «Signor ministro» è molto più franca e più disinvolta.

- È vero; ma i ministri, credilo a me, ci tengono all'Eccellenza: le so certe cose. Vuoi fare a modo mio? Diamogli dell'Eccellenza.

- Diamogli dell'Eccellenza - soggiunse Mario, ridendo: poi seguitò a dettare: - «Sono sensibile all'onore...».

- Quel «sensibile» mi pare un po' corto - osservò Federigo. - Se mettessimo invece «sensibilissimo?».

- Hai ragione. «Sensibilissimo» è più lungo. Dunque comincia così: «Sono sensibilissimo all'onore...».

- Onore... onore! - borbottò fra i denti Federigo. - E non credi che sarebbe meglio detto «all'alto onore?».

- Alto? in questo caso mi pare un vocabolo un po' troppo ampolloso.

- Ampolloso, no. Anzi mi pare un vocabolo comunissimo e che si adopera continuamente. Diffatti si dice «alta stima» e alta considerazione... anche quando si scrive per non dir nulla.

- Vedo, amico mio - disse Mario, annoiato - che ne sai più di me: dunque scriviti da te la tua lettera: eppoi, se credi, gliela posso portar io.

- Mi farai un vero regalo - rispose Federigo. Quindi scrisse la lettera in pochi minuti, la chiuse in una busta, e, consegnandola al conte, gli disse con un tuono di voce cupo e malinconico: - Ora ho bisogno che tu mi dia una prova di vera amicizia.

- Parla.

- Tu sai il peso, che io ho sempre dato a questi gingilli, a questi giuocattoli da fanciulli...

- Lo so! lo so... - interruppe l'altro, ridendosela sotto i baffi.

- Orbene: vorrei che questa cosa restasse un segreto fra noi due: che non la sapesse nemmeno l'aria. Che vuoi che ti dica? Sento qualche cosa qui che mi ripugna - (e si toccava lo stomaco dalla parte del cuore). - Capisco che l'uomo è un animale di abitudine, e che in questo mondo ci si avvezza a tutto: ma, ora come ora, dico la verità, sento che non saprei rassegnarmi a sentirmi chiamare cavaliere.

- Intendo benissimo la tua ripugnanza... ed eccoti la mano. Giuro solennemente di non parlarne a nessuno.

- Siamo intesi: a nessuno!

- A nessuno!

Clarenza entrò in sala: forse credeva di trovarvi Mario solo: ma visto che c'era anche Federigo, rimase piuttosto male; e voltasi con garbo dispettoso verso il marito, gli disse:

- Come? sei sempre qui?

- Sempre qui! - rispose l'altro, senza alzare il capo, e accompagnando la risposta con una specie di sospiro.

- Che cos'hai? che cosa ti è accaduto?

- Nulla, nulla.

- Ditelo voi, Mario; che cosa c'è stato? - domandò Clarenza, un poco impensierita.

- Ti ripeto, che non c'è stato nulla - gridò Federigo, arrabbiandosi. - Una delle mie solite fortune. Guarda! - e, nel dir così, si cavò di tasca il plico del Ministero, e lo passò in mano alla moglie.

Clarenza posò gli occhi sull'indirizzo: e dopo aver vista la provenienza, e dopo aver letto sulla sopraccarta «Al cavalier Federigo Fabiani» restituì la lettera al marito, esclamando con vera consolazione:

- Oh! sia ringraziato il cielo! Finalmente sarai contento!

- Contento io? io? Vai pur là, che l'hai indovinata.

- Quanto a me, lo dico francamente, sono contentissima.

- Tutte uguali le donne! - disse Federigo, ingrossando la voce. - Avete una vanità che passa qualunque misura. Per altro, Clarenza, intendiamoci bene. Ti avverto una volta per tutte. Sappi che questa cosa deve restare un segreto fra noi tre - (accennando anche a Mario). - Dunque bada bene di non lo dire a nessuno! A nessuno, e specialmente a quella ciarliera della Norina.

- Signor cavaliere, i miei rispetti - disse la Norina, saltando in sala, e inchinandosi comicamente dinanzi cognato.

- Ah! Norina! - replicò Federigo, facendo l'impermalito - questa tua indiscretezza... questa tua smania di ficcare il naso dappertutto mi comincia a seccare. Con una donna, come te, fra i piedi. è inutile che in una casa ci sieno gli usci e le porte.

- Inutile?

- Inutilissimo. Perché almeno ho sentito dir sempre che gli usci erano fatti apposta per impedire agli altri che sappiano ciò che vogliamo che non si sappia.

- È un'idea anche codesta - soggiunse la Norina, ridendo. - Non tutti si pensa allo stesso modo. Io, per esempio, ho creduto sempre che gli usci fossero fatti unicamente per poter stare a sentire ciò che dicono gli altri. È un'opinione come la tua, e va rispettata.

- Non ne discorriamo più per oggi. Ti avverto di serbare il segreto: e non ne facciamo parola con nessuno! con nessuno. A proposito: ma che il marchese Sorbelli sia sempre giù ad aspettarmi? Sentiamo un poco.

E Federigo suonò il campanello.

- Ha suonato lei, signor Federigo?. - disse la Bettina, entrando in sala.

- Brava, Bettina! Così mi piace: chiamami sempre Federigo.

- O come vuol che lo chiami?

- Guai a te, se una volta, una volta sola, ti scappa detto cavaliere.

- Come! come! - gridò la vecchia cameriera, tutta allegra - che è stato fatto cavaliere, lei? l'ho caro davvero! era tanto, povero padrone, che se ne struggeva!...

- Mi struggevo, un corno! Non discorrer tanto, e guarda piuttosto a quel che ti dico: ti ripeto dunque che io mi chiamo Federigo, che voglio esser chiamato Federigo, e in casa mia non ci debbono essere né cavalieri, né commendatori. Dillo subito anche a Francesco e al cuoco.

- Non dubiti, signor cavaliere.

- Basta così. Volevo ora domandarti una cosa; il marchese è partito?

- Sarà quasi una mezz'ora - disse la Bettina. - Soffiava come un istrice. Se sapesse quante cosacce ha detto!...

- Contro me?

- Contro lei!

- Bravo signor marchese: faremo i conti a suo tempo. Lo aspetto, all'urna, non dubiti, lo aspetto all'urna! Curiosi questi nobilucci di vecchia data. Perché hanno un po' di titolo, trovato fra i ragnateli di casa, gli par d'essere Dio sa che!... Quant'a me, per esempio, non baratterei la mia modestissima croce di cavaliere con tutti i loro stemmi gentilizi: dico bene?..

- Santamente! - soggiunse Mario; - dimmi una cosa: e ora, verso qual parte sei indirizzato?

- Che si domanda? - rispose Federigo, guardando l'orologio. - È la mia ora: io, secondo il mio solito (un'abitudine oramai di dieci anni), vado in casa Appiani a far la mia partita a scacchi.

- Non puoi lasciarla per una sera? - chiese il conte.

- Impossibile: son sicuro che questa notte non potrei dormire.

- Non ti dissimulo, che mi dispiace.

- Ti dispiace? e perché?

- Perché il ministro avrebbe desiderato di vederti.

- Me?.. - domandò Federigo, a cui la troppa e improvvisa contentezza fece mandar fuori una nota di falsetto.

- Te in persona. E aggiungi che io gli avevo promesso di accompagnarti stasera da lui!

- Hai fatto male... cioè, non dico che tu abbia fatto male... ma, insomma, che cosa vuole il signor ministro da me?

- Non lo so!

- Il conte non lo sa - interruppe Clarenza - ma è facile supporlo. Il ministro sa che tu sei un brav'uomo, un uomo onesto, una persona moltissimo influente... ed è naturale che desideri di conoscerti personalmente e di stringerti la mano.

- Troppo buono, il signor ministro: ma non ci vado! - disse Federigo, atteggiandosi a uomo inflessibile e resoluto.

- Pazienza! - replicò Mario, facendo l'atto di non voler più insistere.

- Ti prego, peraltro, di fargli le mie scuse.

- Non c'è bisogno di scuse. Hai le tue buone ragioni per non volerci venire, e basta così!

- E perché non ci vai? - domandò Clarenza, alla quale dispiaceva questa strana cocciutaggine del marito.

- Oh! bella! non ci vado, perché non mi conviene. È una questione di fierezza di carattere e di sentimento della propria dignità, e le donne non possono intendere certe cose.

- Io ti comprendo benissimo! - disse Mario, soffiandosi il naso, per tappare una risata insolentissima.

- E tu, quando ritorni da tuo zio?

- Ci ritorno subito: appena che esco di qui. Intanto gli porterò la tua lettera e gli farò le tue scuse.

- Se mi aspetti due minuti, possiamo fare un pezzo di strada insieme.

- Ho fretta.

- Due minuti soli.

- Ti prego dunque di far presto.

- Il tempo che ci vuole, per cambiarmi questo soprabito, che comincia a essere un po' troppo grave per la stagione.

E Federigo uscì dalla sala.

- Ditemi, Mario, e vostro zio si trattiene molto? - domandò Clarenza, tanto per dir qualche cosa, e per dissimular la sua stizza per la Norina, che si ostinava a non volersene andare.

- Mio zio parte stasera col treno delle otto e mezzo per San Giusto.

- Senti!

- E, probabilmente, io gli terrò compagnia.

- Partite anche voi?.. - chiese Clarenza, strascicando la voce con un po' di canzonatura.

- Non è punto difficile.

- E quando sarete di ritorno?

- Chi lo sa. Non lo so nemmeno io. Dipende tutto da una risposta, che aspetto... - disse, guardando negli occhi la graziosa moglie di Federigo, quindi soggiunse subito, per non dar tempo alla Norina di fantasticare:

- E queste due belle signore vanno poi stasera al teatro?

- Sì - rispose la Norina. - Aspettiamo giusto il signor Valerio, il quale ha promesso di accompagnarci.

- C'è una bella commedia?

- Non lo so davvero: io vado al teatro, per andare al teatro.

- E io vado al teatro per non restare in casa - soggiunse Clarenza, accentando leggermente le ultime parole.

- Scommetto che avete un po' di paura a restar sola in casa? - domandò il conte, sorridendo con intenzione.

- L'avete indovinata! Ho paura della noia. Tre ore di solitudine sono troppo lunghe. Che ora avete, Mario?

- Le otto vicine.

- Se indugiate un altro poco, perderete il treno, e non potrete più accompagnare vostro zio.

- Aspetto quel benedetto uomo di Federigo... Oh! Ma c'è tutto il tempo necessario: il treno dovrebbe passare alle otto e mezzo, e ritarda sempre nove o dieci minuti...Scusate, signora Clarenza: e perché ridete?

- Rido a vedervi dire le bugie con tanta serietà.

- Cioè?

- Per vostra regola, voi stasera non partite!

- Vi giuro che parto. L'ho promesso a mio zio. E perché, scusatemi, dovrei dirvi una cosa per un'altra?..

- O San Giusto! - continuò a dire Clarenza, ridendo sguaiatamente di un riso forzato. - Guarda, per l'appunto!... E che cosa andate a fare a San Giusto?..

- Ho là qualche piccolo affaretto.

- Non è vero.

- Scusate Clarenza: ma perché mi date una mentita?

- Io non vi do nessuna mentita: vi dico semplicemente che non è vero! - replicò Clarenza, che, senza avvedersene, era diventata seria e quasi dispettosa.

- Il signor Leonetto! - disse il giornalista, affacciandosi in sala, e annunziando se medesimo.

- Oh! che miracolo è questo? - domandò la Norina, facendogli segno di venire innanzi.

- Scusatemi, mie belle signore, se vi disturbo: Federigo è uscito?

- Federigo sarà qui fra minuti - rispose Clarenza.

- Ho bisogno di vederlo per una certa cosa... d'urgenza... Intanto profitterò dell'occasione per stringergli la mano e per dargli il mi-rallegro.

- Come l'avete saputo?

- La Bettina mi ha detto tutto. Anzi, se vi contentate, vorrei fargli una specie di sorpresa... Vorrei annunziare la sua nomina nel giornale di domani.

E nel dir così trasse di tasca una matita e un pezzetto di carta; e, dopo avere scritto pochi versi, si voltò alla padrona di casa, dicendole:

- Scusate, signora Clarenza: vi dispiacerebbe di mandare il vostro Francesco alla stamperia del giornale con questo piccolo avviso? -

- Figuratevi!...

E Clarenza chiamò la Bettina, e le dié il biglietto, con ordine premuroso di farlo portar subito da Francesco alla stamperia del «Giornale della Provincia».

- Son pronto! - disse Federigo, entrando in sala, tutto vestito, in abito nero, cravatta bianca, guanti perlati e paletot chiaro sul braccio.

- Bene! bene! - gridò Mario ridendo - dunque ti sei pentito? vieni anche tu dal ministro?

- E perché?..

- Me lo figuro! ti vedo in abito di visita officiale!...

- Officiale?.. tutt'altro che officiale! Mi son cambiato vestito, perché con quell'altro scoppiavo dal caldo.

- Dunque, vieni o non vieni?

- Impossibile, credilo, impossibile! Chiedimi piuttosto un bicchier del mio sangue, e non ti dico di no... ma dal ministro...

- Ebbene, non se ne parli più: dunque io posso andarmene?

- Se mi aspetti, si fa la strada insieme e ti accompagno fin là.

- Fino a dove?

- Fino alla Locanda Maggiore. Per me, è tutta strada.

- Siamo giusti! Quando hai fatto tanto di arrivar lì, puoi anche salire le scale - disse Clarenza.

- Non salgo! quando ho detto che non salgo, non salgo. Tutt'al più, posso aspettarti giù abbasso, nella stanza del burò.

- E se il ministro, per caso, viene a sapere che sei giù ad aspettarmi...

- Oh! insomma: non salgo. Ti accompagno, ti aspetto, ma... ma non salirò mai le scale del potere.

Federigo, credendo di aver detto una bella cosa, si accarezzò il mento, con visibile compiacenza.

- Dunque, Federigo, ti si può stringere la mano? - domandò Leonetto, facendosi avanti.

- Caro mio. è un tegolo che mi è cascato all'improvviso sulla testa. Io ti giuro che non ne sapevo nulla! proprio il gran nulla!...

- Vedrai annunziata la tua nomina nel giornale di domani! - soggiunse il giornalista, per dirgli subito una cosa gradita.

- Hai fatto malissimo.

- Davvero?

- Avrei desiderato che di questa cosa se ne facesse un segreto! Non ti nascondo che mi hai dato un vero dispiacere!...

- Quand'è così, si fa presto a rimediarci... - disse Leonetto, avviandosi in fretta, per uscir dalla sala.

- E ora dove scappi? - gli domandò Federigo, trattenendolo per un braccio.

- Corro alla stamperia, a far sospendere l'annunzio. Siamo sempre in tempo.

- Oramai lascia andare - soggiunse il marito di Clarenza. - Poco bene e poco male: tanto si tratta del giornale della provincia. È un giornale che non lo legge nessuno.

- Il biglietto è già alla stamperia - disse Francesco, presentandosi sulla porta, con una sacca da viaggio in mano. - Dica signor Mario, questa sacca dove la devo portare?

- Alla stazione: e lasciala in consegna al signor Pietrino.

- È deciso davvero! - bisbigliò sottovoce Clarenza, mordendosi per la bizza il labbro di sotto.

- Dunque, mie belle signore, avete comandi da darmi per San Giusto? - disse il conte, con grazia e con moltissima indifferenza.

- Grazie, Mario - rispose la Norina.

- Allora buona notte e buon divertimento...

- E a rivederci a quando? - domandò Clarenza, ingegnandosi di far la disinvolta.

- Chi lo sa!... forse domani e forse fra una settimana.

Clarenza, che si era alzata in piedi, si avvicinò al conte, e cogliendo un momento che tutti gli altri parlavano fra loro, gli domandò pianissimo, ma con accento vibrato:

- Partite davvero?..

- Andate proprio al teatro? - sussurrò Mario, dando alla moglie di Federigo un'occhiata significantissima.

- Sbrighiamoci Mario - gridò Federigo, voltandosi a un tratto. - Ho fatto tardi; e gli scacchi mi aspettano.

E il conte e Federigo si congedarono in fretta e se ne andarono.

Norina si affacciò sulla porta, per accertarsi se Mario era proprio uscito; quindi uscì anche lei, dicendo alla sorella:

- Io vado, intanto, di là a prendere la mantiglia e il cappuccio: e tu?

- La mia toelette è bell'e fatta - disse Clarenza, guardandosi nello specchio. - Per quel teatro lì, è anche troppo lusso!...

Appena Leonetto rimase solo con la moglie di Federigo, prese una certa aria di collegiale vergognoso: e, quasi avesse avuto bisogno di cercare le parole adatte, per incominciare, balbettò confusamente...

- Ditemi... signora Clarenza, vorreste mettere una buona parola per me con vostro marito?

- Figuratevi; - rispose l'altra. - Con tutto il piacere. E di che si tratta?..

- Ecco di che si tratta... voi sapete dicerto... o anche se per caso non lo sapete, ve lo dico io, che c'è vacante il posto di direttrice nell'Istituto Azeglio... Vostro marito, come uno dei principali sovventori di quell'Istituto, ha molta voce in capitolo... Vorreste raccomandargli per quel posto una persona di mia conoscenza?..

- Di Vostra conoscenza? - replicò Clarenza, guardando il giornalista con una specie di curiosità maligna.

- Di mia conoscenza - soggiunse Leonetto seriamente - e che... m'interessa moltissimo!...

- Forse una vostra parente?

- Qualche cosa di più!

- Di più?.. e questa persona sarebbe?..

- La signorina Armanda, quella stessa della quale abbiamo parlato insieme qualche tempo fa.

- Ah! signor Leonetto! - disse Clarenza, alzandosi in piedi e coll'accento della persona offesa. - Dico la verità: mi fa meraviglia che possiate raccomandarmi per un impiego tanto delicato una persona... di quel genere!

- Domando scusa! - riprese il giornalista, che era diventato rosso come una ciliegia (bel fatto per un giornalista!). - Vi giuro, sull'onor mio, che quella giovine...

- E perché volete sciupare il tempo a giurare? Non vi rammentate che mi avete detto voi stesso, capite bene, voi stesso, che quella signorina girava per il mondo, facendosi chiamare provvisoriamente Armanda. Tocca forse a me a dirvi a qual famiglia appartengono le donne...senza domicilio fisso, e che cambiano di nome come di pettinatura?

- Signora Clarenza, avete ragione: - disse Leonetto confuso e mortificato. - Ma se io vi rispondessi che quel giorno, parlando con tanta leggerezza di Armanda, credevo di essere un giovane di spirito, mentre dopo mi son dovuto persuadere che non ero altro che un imbecille e un volgarissimo calunniatore?

- Non c'è dubbio - osservò Clarenza con grazia: - è una ritrattazione spontanea e fatta lealmente... ma ha un piccolo difetto...

- Quale?

- Giunge un pochino tardi.

- Non ho altro da aggiungere! - disse il giornalista, alzandosi in atto di volersi congedare.

- Sentite, Leonetto: non fuggite; ho anche io bisogno di chiedervi un favore.

- Son qua.

- Parlatene direttamente con mio marito di questa...persona... che v'interessa tanto; ma dispensatemi me dal metterci bocca.

- Ebbene, signora Clarenza - disse Leonetto con accento franco e risoluto - la mia delicatezza non mi permette di lasciarvi sotto la triste impressione che io abbia voluto abusare della vostra buona fede e della vostra squisita cortesia.

- Abusare?.. no davvero.

- A giustificazione della raccomandazione che vi ho fatto, sento il bisogno assoluto di confidarvi una cosa, che finora è un segreto per tutti. Fra qualche giorno Armanda porterà il mio nome!

- Come?.. voi?..

- È così, signora Clarenza...

- In questo caso, amor mio, sono mortificatissima di aver detto qualche parola forse un po'... acerba, ma spero vorrete convenir meco che la colpa, in fin dei conti, non è tutta mia.

- Ve lo ripeto: avete mille ragioni. Io sono stato un gran ragazzo: e oggi pago il fio della mia leggerezza...

- Consolatevi, Leonetto! - disse Clarenza sorridendo e stendendogli la mano - non siete il solo! Ne ho conosciuti degli altri, che hanno finito collo sposare la donna, della quale si erano lavati la bocca.

- E questo signor Valerio non si è veduto ancora? - domandò la Norina, entrando in sala, colla mantiglia sul braccio.

- Eccomi qua - disse Valerio presentandosi sulla porta di fondo. - Vi ho fatto forse aspettare?

- No davvero. Anzi possiamo trattenerci un altro poco. Quanto a me, non mi è piaciuto mai di arrivare in teatro, all'alzata del sipario. Sì, par di quella gentuccia, che va al teatro, proprio per lo spettacolo, non è vero?... E tu, Clarenza, che cosa fai che non mandi a prendere intanto la tua roba?

- Oramai non vengo più - rispose la moglie di Federigo, facendo l'annoiata, e appoggiandosi con stanchezza il capo alla spalliera della sedia. - Per questa sera, rimango in casa.

- Rimani in casa? - replicò vivacemente la sorella.

- Mi par fatica a uscire!... eppoi a dirti la verità, io sono come Valerio: mi diverto moltissimo alla musica: ma la prosa... oh! Dio!... la prosa!...

- Per me, - disse Valerio, - la prosa è sempre prosa.

- Anche quand'è in poesia! - soggiunse ridendo la moglie di Federigo.

La Norina era rimasta incantata: pensava a qualche cosa con una fissazione insolita in lei. Quando si riscosse, mormorò fra i denti: L'affare si fa serio... e di molto!...Speriamo che la mia lettera sia giunta in tempo! E se no, pazienza! Sono cose di questo mondo.

Quindi, data una scrollatina di spalle, riprese la sua solita spensieratezza e il suo solito buon umore, e rivoltasi verso il giornalista, gli domandò ridendo:

- E così, Leonetto, come funziona quel famoso vecchio termometro?..

Il giornalista voleva fare l'astratto, l'uomo assorto in gravi pensieri, ma la Norina, con una sbadataggine infantile e petulante, insisté:

- E quei poveri capelli? Sono rimasti sempre a trentanove e mezzo, oppure in questo tempo han figliato? La sapete, Valerio, la storia dei trentanove capelli e del vecchio termometro? - (e qui una grandissima risata).

- Basta, basta, Norina - disse Clarenza, impietosita dalle ineffabili torture, che pativa il povero Leonetto. - Come sei prolissa! quando cominci, non la finisci più!

In questo mentre, la Bettina entrò tutta frettolosa in sala, annunziando:

- La signora contessa Emilia.

Quadro di stupore e di sorpresa universale!

Dopo tutti i baci e tutti gli abbracci, che si scambiano in simili circostanze, tutte le donne che si vogliono bene e quelle che non si possono soffrire fra loro, Clarenza, per la prima, gridò, tenendo l'amica per tutte e due le mani.

- Ma questa è una carissima improvvisata!

- E Mario dov'è? - domandò l'Emilia.

- Mario per questa sera non lo potrai vedere! - soggiunse la Norina, tutta contenta che la sua lettera fosse arrivata in tempo.

- E perché non lo posso vedere?

- Perché partiva col treno delle otto e mezzo per San Giusto. Accompagnava il ministro.

- Lo zio dunque è stato qui?

- Si è trattenuto poche ore.

- L'avrei veduto tanto volentieri. E Federigo?.. Quella perla d'uomo di tuo marito? - disse volgendosi a Clarenza.

- Sta benissimo: ma anche lui è fuori. A quest'ora sarà in casa Appiani a fare la sua solita partita a scacchi fino a mezzanotte.

- Scommetto, Clarenza, che tu non mi aspettavi... stasera?...

- Io no!... - rispose l'altra, un po' sconcertata dalle occhiate indagatrici e penetranti, colle quali la saettava la moglie di Mario. - Stasera non ti aspettavo... ma però sapevo che saresti stata qui fra due o tre giorni al più lungo.

- È vero!... ho voluto anticipare la mia gita di qualche ora... e ti dirò perché. È stato un capriccio... m'ero messa nell'idea di arrivare qui all'improvviso, senza che nessuno ne sapesse nulla... e specialmente Mario...

- Una sorpresa?

- Precisamente.

Così dicendo, l'Emilia prese per la mano le due amiche, e dopo averle condotte con molta disinvoltura verso il pianoforte, situato in un angolo della sala, disse loro pianissimo, e con un certo garbo comico della fisonomia:

- Con voi non ho misteri, e posso anche dirvi il motivo di questa bizzarra risoluzione. Pochi giorni addietro ho ricevuto per la posta una lettera, che veniva di qui...una lettera anonima e curiosissima...

- La mia lettera! - bisbigliò dentro di sé la Norina.. Ero certissima che avrebbe fatto il suo effetto.

- Comincerò dal dirvi che la lettera era firmata Folletto. -. e che, fra le altre cose, era piena di spropositi d'ortografia!...

- Sguaiata! - mormorò la sorella di Clarenza: poi aggiunse forte: - Bada veh! che forse saranno stati spropositi fatti apposta... per nascondere la mano della persona che scriveva.

- No, no - replicò vivacemente la contessa - ti assicuro che erano spropositi spontanei, legittimi, cascati giù dalla penna con tutta naturalezza. Ma questo importa poco. Io so benissimo il conto che si dovrebbe fare delle lettere anonime: ma bisognerebbe aver la forza di poterle strappare prima di leggerle. Una volta lette, è finita: ti paiono più vere delle lettere vere. Il fatto sta che Folletto si diverte a darmi dei ragguagli curiosi... molto curiosi sulla vita, che mio marito conduce qui -. (E l'Emilia, con una volubilità prodigiosa, fissava gli occhi in viso ora alla Clarenza, ora alla Norina: ma particolarmente poi alla Clarenza). - La lettera, chi lo sa perché, è scritta tutta in un linguaggio bizzarro; come quello delle favole del Clasio e del Pignotti. Figuratevi, per darvene un'idea, che parla d'un certo farfallone che per ingannare la solitudine e il mal umore si è messo a far la corte e a svolazzare intorno a un fiore: beninteso, dice Folletto, intorno a un fiore di giardino chiuso. Il farfallone e il fiore stanno vicinissimi di casa: quasi, sotto il medesimo tetto... Il fiore, per ora, ha resistito a tutte le tentazioni: ma se la sua virtù lo abbandonasse? Venite subito qua, conclude l'autore della lettera; la vostra presenza metterà giudizio alla farfalla: e così salverete l'onore del fiore e la tranquillità di quel buon uomo del giardiniere... Anzi mi ricordo benissimo, che, invece di giardiniere, c'è scritto gardinere, senza l'i.

- Gardinere? - ripeté la Norina impermalita. - Mi pare impossibile!

- Cioè?

- Voglio dire - soggiunse, ripigliandosi in tempo - mi pare impossibile che il signor Folletto non sappia che c'è bisogno dell'i per scrivere giardiniere. Sono i primi principii della lingua italiana, che sappiamo tutti a memoria come l'Avemmaria.

- Sia favola o storia? - domandò l'Emilia, senza perder d'occhio la fisonomia delle due sorelle. - che cosa ne dici, Clarenza?..

- Per me è tutta una favola - rispose la moglie di Federigo, studiandosi di dissimulare l'agitazione che aveva addosso. - Ma, bada! potrebbe anche darsi che ci fosse un po' di storia.

- Nessuna di voi si è accorta mai di nulla?..

- Di nulla! proprio di nulla! - replicarono all'unisono le due sorelle.

- La credo una favola anch'io! - continuò a dire la contessa. - Più ci penso, e più mi pare impossibile che Mario potesse esser capace... specialmente ora... in questo momento...

- Per codesto, cara mia, io credo gli uomini capaci di qualunque cosa... fuori che d'una buona azione! - disse Clarenza con l'accento della bizza mal repressa.

- Con tutti i vostri discorsi, mi fate far la mezzanotte in casa! - soggiunse la Norina, contentissima di poter interrompere una conversazione, che minacciava di diventar pericolosa. - Io vado al teatro. Vuoi venire anche tu? - domandò all'Emilia.

- In quest'arnese da viaggio?

- Stai benissimo.

- Ebbene, verrò al teatro anch'io. Così la serata passerà più presto.

- Addio a poi, Clarenza! - disse la Norina, mettendosi la mantiglia sulle spalle.

- Come! tu rimani in casa? - chiese la contessa con un accento di curiosità singolarissima.

- Sì rimango in casa. Non mi sento benissimo.

- Ti senti male? Oh povera Clarenza! In questo caso, non vado al teatro neanch'io! Voglio restare a farti un po' di compagnia.

- Ti prego, Emilia, non far complimenti con me!

- Ti dico che non vado!

- Bada, ti annoierai. Debbo avvertirti che quando mi prende questo maledettissimo dolor di capo, ho bisogno di dormire almeno un par d'ore.

- Dormi pure. Dormirò anch'io! Ne ho tanto bisogno. Figurati che mi sono alzata alle otto!...

- Fai come credi!...

- Eppoi... te ne voglio dire un'altra: qui, nel cuore, ho un presentimento curioso! Lo so da me che è una scioccheria, una cosa senza senso comune... ma pure mi son messa in capo che Mario... debba tornare a casa da un momento all'altro.

- Se ti dico che è partito!...

- Avrà detto di partire... ma poi è così sfatato!... Chi ti dice a te che non abbia fatto tardi?

- Dov'è, dov'è questa signora Emilia? - gridò Federigo, entrando in sala e andando a stringere la mano alla contessa.

- Come avete saputo del mio arrivo?..

- Quella buona donna della Bettina! Appena sono entrato in casa, la Bettina mi ha detto: sa, cavaliere, chi è arrivato?

- Cavaliere!... - domandò l'Emilia in atto di rallegrarsi.

- Per carità, contessa, chiamatemi Federigo, come mi avete chiamato finora! o ci guastiamo. Peccato del resto che siate arrivata un po' tardi.

- Tardi?.. e perché? io spero, invece, di essere arrivata in tempo... almeno non voglio perder quest'illusione! - soggiunse l'altra con quel fare sbadato della persona che parla a caso: e nello stesso tempo lanciò alla Clarenza un'occhiata rapidissima, che parve uno di quei baleni di luce, prodotti da un piccolo specchio agitato sotto uno spiraglio di sole.

- Un'ora più presto - continuò Federigo - e avreste trovato Mario in casa. Ormai per questa sera ci vuol pazienza.

- E quando ha detto di tornare?..

- Forse, domani, col treno di mezzogiorno.

- È proprio partito?

- L'ho accompagnato io fino alla stazione: o per dir meglio, li ho accompagnati tutti e due, lui e il ministro.

- E avete aspettato che il treno partisse?

- No!

- Allora, ho sempre una speranza!

- Avrei aspettato volentieri, ma quel benedetto uomo di Mario ha cominciato a dire che l'aria era rinfrescata, e che io avrei fatto bene a venir subito a casa a mutarmi di vestito.

- È così pieno d'attenzioni mio marito, alle volte!

- A proposito di attenzioni, sapete che il vostro Mario mi ha fatto stasera una di quelle birichinate, che me ne ricorderò per tutta la vita!

- Che cosa vi ha fatto?

- Sentite, e giudicate voi se non passa quasi il limite dello scherzo. Appena uscito di casa, un'ora fa, siamo andati alla Locanda Maggiore, dove era albergato il ministro. Premetto che io gli aveva dichiarato anticipatamente che in nessun modo volevo esser presentato a Sua Eccellenza. Avevo le mie ragioni per serbare questo contegno e basta. È tutta una questione di principii, e coi principii non si scherza! Giunti che siamo alla locanda dico a Mario. «Vai pur tu, e fai tutto il tuo comodo: io ti aspetto qui fuori, passeggiando e pigliando una boccata d'aria.». Dopo pochi minuti, che ero lì sulla porta dell'albergo, eccoti che scende le scale un giovine, pulitamente vestito, il quale, presentandosi a me e titubando, mi dice: «Scusi: è il cavaliere Fabiani?». «Per ubbidirla» rispondo io. «Cavaliere! il signor ministro la prega di salire un momento da lui». «Grazie... non posso davvero... eppoi in questo abito». «Io la prego, cavaliere, da parte di Sua Eccellenza». «Un'altra volta... stasera è impossibile». Insomma, cavaliere di qui, cavaliere di là, cavaliere di sotto, cavaliere di sopra, ho dovuto arrendermi, e ho finito col rassegnarmi a salire le scale della Locanda Maggiore. Quelle scale saranno sempre il più gran rimorso della mia vita!

- Se indugiamo dell'altro - disse la Norina, alzando la voce - vedo bene che arriveremo a commedia finita.

- Io son pronto - replicò Valerio, infilandosi i guanti.

- E voi, Leonetto, ci accompagnate? - domandò la sorella di Clarenza.

- Sarei venuto volentierissimo anch'io: ma per l'appunto sono impegnato. Bisogna che fra un quarto d'ora mi trovi al municipio.

- Qualche matrimonio forse? - domandò Federigo.

- Precisamente - rispose il giornalista. - Sono testimonio alle nozze del marchesino di Santa Teodora con miss Edwige Clarence, la figlia del console americano.

- Stasera?.. proprio stasera? - chiese la Norina con una vivacità appassionata, che non seppe dissimulare.

- Fra una mezz'ora - replicò Leonetto.

- Sia ringraziato il cielo! - sclamò la furba vedovella, mutando istantaneamente di fisonomia, e diventando tutta tranquilla e sorridente. - Sia ringraziato il cielo! e ora ditemi un poco, signor Valerio, vi pare che le vostre paure fossero ragionate?

- Compatitemi, cara mia, sapete bene che chi ama, teme.

Intanto nelle stanze d'ingresso si udì una voce d'uomo, e un rumore di passi.

- Possibile! - gridò Federigo - ma se non sbaglio, questa è tutta la voce di Mario.

- Finalmente!... - disse il conte precipitandosi in sala, e correndo ad abbracciare sua moglie: - Questa è stata proprio una combinazione fortunata!... Pareva proprio che il cuore me lo dicesse!...

- E io che, a quest'ora, ti credevo già arrivato a San Giusto!...

- Debbo ringraziare il caso: il caso, stasera, è stato il mio angelo tutelare: figurati che mio zio ed io eravamo già entrati in vagone: la macchina soffiava: il treno stava per partire: quand'io mi accorgo, a un tratto, di aver dimenticata la sacca da viaggio nel caffè della stazione. Salto in terra, e corro verso il caffè... la sacca era sparita. «Chi ha preso la mia sacca?». «L'ho consegnata ad una guardia» risponde il caffettiere. «E dove me l'avrà portata?». «Forse nella stanza del capostazione». E via di corsa nell'ufficio del capostazione. L'ufficio era chiuso. Busso, chiamo, bestemmio... finalmente... la porta si apre... prendo la sacca... e torno in cerca del vagone... ma in quel momento la macchina fischia, il treno si muove... e io...

- E tu, com'è naturale, corri subito a casa, sapendo che qui ti aspettava... tua moglie...

- Non lo sapevo, di certo, ma ti giuro che me l'ero figurato - replicò Mario con quella naturalezza che acquista l'uomo quando ha imparato a dire la bugia collo stesso candore della verità.

- E ora che cosa facciamo? - domandò Federigo, consigliandosi colla conversazione sul modo migliore di passare il rimanente della serata.

- Propongo una cosa - disse Clarenza: - andiamo tutti al teatro.

- Io non ci vengo davvero - rispose la Norina con aria svogliata. - Oramai è tardi!

- C'era forse qualche commedia nuova? - domandò l'Emilia.

- Nuova? Non lo so. Ho visto sui giornali che stasera recitavano i Ragazzi grandi.

- Allora ho capito - disse Leonetto, sorridendo - è una commedia vecchissima, ma diverte sempre.

Il giorno dopo, il conte Mario e sua moglie, dovevano partire, giusta il loro fissato, per un lungo viaggio (un viaggio almeno di un anno, così dicevano i patti della riconciliazione) attraverso ai principali paesi della Germania.

Ma la contessa, per buona fortuna, fece osservare che era di venerdì: e le persone prudenti debbono scansare di mettersi in viaggio, nel giorno più funesto di tutta la settimana!

Concordi su questo punto, i due coniugi, invece di prendere il volo per Vienna, stimarono ben fatto di tornare per qualche giorno in famiglia - e la sera stessa partirono alla volta di Genova.

Il cerimoniale degli addii fu cordialissimo - e qualche volta commoventissimo.

La Clarenza, colto un frattempo, disse piano al conte, ridendo tutta contenta: - Povero Mario?... vi ho dato una bella lezione!...

- A me?

- Voglio sperare che non ve ne sarete avuto a male.

*   E potrete credere, Clarenza, che sarei stato capace?.. Ah! no, mille volte! la mia adorazione per voi aveva un limite sacro, inviolabile... l'amicizia per Federigo!

E Clarenza e il conte, in quel momento, parlavano in buona fede e credevano tutti e due di dire la verità.

Valerio com'era facile a prevedersi, finì collo sposare la Norina... per più motivi, e specialmente per far vedere che era un uomo di carattere serio, e non già un ragazzo - mentre la Norina, dal canto suo, si compiaceva di raccontare alle amiche intime (e tutte le amiche diventano amiche intime per una donna che ha bisogno di far sapere un segreto), si compiaceva, dunque, a raccontare che se avesse voluto, avrebbe potuto sposare il marchesino di Santa Teodora; ma che, invece, per dar retta al cuore, si era sacrificata (sic) e aveva fatto un matrimonio d'inclinazione.

Leonetto, il giornalista, innamorato fino agli occhi di Armanda - forse appunto perché dapprincipio ne aveva detto moltissimo male - l'avrebbe sposata anche subito - ma non osava farlo, per paura della marchesa Ortensia.

Per buona sorte la Provvidenza (si vede proprio che c'è una provvidenza anche per quelli che pigliano moglie), si recò a visitare la marchesa, sotto la forma di una bronchite acuta: e il giornalista, profittando della favorevole occasione, condusse dinanzi al sindaco quella fanciulla adorata, che il cielo manifestamente aveva creata apposta per lui.

Quando la notizia si divulgò per il paese, la Sorbelli, ch'era già in via di guarigione, dissimulò con disinvoltura il proprio risentimento. Il marchese, invece, andò su tutte le furie. Il pover'uomo non sapeva capacitarsi, come mai un amico suo di casa, come Leonetto, avesse potuto meditare e concludere un matrimonio, senza dirne prima una mezza parola almeno alla marchesa - alla marchesa che aveva fatto tanto per lui!

Dopo nove mesi, Armanda dié alla luce una bambina - alla quale Leonetto volle per forza che fosse imposto al fonte battesimale il nome di Ortensia.

La cosa dispiacque vivamente alla giovine madre: ma fece piacere alla Sorbelli, la quale, appena riseppe quest'episodio intimo di famiglia, dismesse il suo contegno fin'allora freddo e riservatissimo, e andò a far visita alla puerpera, parlandole per mezz'ora dei grandi pensieri della maternità e prognosticando da certi segni particolari, che la bambina, fatta grande, avrebbe avuto degli occhi bellissimi e una quantità di capelli straordinaria - come suo padre!

Da quel giorno in poi, Leonetto e la marchesa Ortensia ritornarono buonissimi amici, come prima; e quel galantuomo del marchese, riacquistata un po' di tranquillità in casa, e detto addio alla politica (il paese non era ancora maturo per lui), si dedicò interamente allo studio del filugello, proponendosi di sciogliere il problema, se durante la malattia del seme, si potesse ottenere dal baco da seta almeno del cotone di primissima qualità!

Quanto alla Clarenza e all'Emilia, la commedia durò per quasi un anno: si scrivevano di tanto in tanto; si baciavano per lettera - ma, in sostanza, fra di loro non si potevano soffrire.

Venne finalmente un bel giorno, in cui la moglie di Federigo cessò improvvisamente ogni relazione e ogni corrispondenza amichevole colla contessa - e la ragione, a quanto pare, fu questa.

La Clarenza era venuta a sapere che Giorgio - quel Giorgio delle bagnature e dell'amor platonico coll'Emilia - per un seguito di combinazioni (tutte combinazioni, l'una meno combinazione dell'altra) aveva nuovamente riattaccato il cappello in casa di Mario.

Questo fatto, la stomacò (sono sue parole testuali); tant'è vero che parlandone a quattr'occhi con suo marito, era solita dire facendo colla bocca un atto di disgusto ineffabile: - Non mi fa meraviglia dell'Emilia, l'Emilia oramai è... quel che è! Chi davvero mi sorprende, è Mario!... E io che lo credevo un uomo d'onore!... Che roba!... che roba!...

Accadde in questo tempo che, una sera, Mario, arrivando da Genova, andò tutto pallido e trasfigurato a bussare alla casa dell'amico Fabiani.

Cos'è, cosa non è, alla fine Federigo poté capire che il conte, avendo giuocato pazzamente alla Borsa, si trovava dinanzi a un pauroso dilemma (pauroso, s'intende bene, in modo molto relativo!) vale a dire, o pagare - o far la figura del giuocatore onorato... che non paga i suoi debiti di giuoco!...

Federigo, che per date e fatto di Mario, si era trovato nominato cavaliere - poi sindaco - e che, per l'assistenza del medesimo santo, si sentiva già in odore di grand'ufficiale o di commendatore, proclamò il gran principio, che «l'amico all'occorrenza, deve sacrificarsi per l'amico», e il giorno dopo, col portafoglio pieno di fogli di Banca, partì per Genova, dicendo al conte: «Aspettami qui; al mio ritorno, ti dirò tutto, e aggiusteremo ogni cosa fra noi due!».

La consolazione di Mario, in quel momento, fu tanta e tale, che non potendo resistere a un impulso del cuore, gettò le braccia intorno al collo dell'amico, e lo baciò ripetutamente, bagnandogli le gote con qualche lacrima di profonda e incancellabile riconoscenza.

Federigo credeva di trattenersi a Genova un giorno o due, tutt'al più; invece si trattenne quattro. Quando ritornò a casa, la prima cosa che disse a Mario fu questa:

- Tutto è accomodato!. - ed era allegrissimo e soddisfatto, come se si fosse trattato di cosa sua.

Il conte, forzato da circostanze imperiose, dové partire la sera stessa.

Nell'atto di congedarsi e di uscir fuori dalla porta di casa, la Clarenza gli sussurrò, con un certo accento di voce e con una certa guardata d'occhi, che davano molto da pensare: - Appena arrivato, rammentati di scrivermi subito!...

Federigo, che per prudenza doveva essere un poco più distante, e che invece, per una inavvertenza imperdonabile, si trovava molto vicino, intese quelle parole, o almeno gli parve d'intenderle; - il fatto sta che, ripensandoci su, non poté chiudere un occhio in tutta la notte!

Meno male che la sera dopo andò a letto alle dieci, e si svegliò la mattina seguente a mezzogiorno preciso!